ライノ

小野寺史宜

ポプラ文庫

1

「それでは皆さま、どうぞご歓談ください」と司会者の女性が言う。

皆、野菜と魚介のミルフィーユなる一品から始まるフレンチのコース料理を楽しみつつ、実際にご歓談する。

僕はしない。自分からは、極力。でも話しかけられれば応じる。日によって、新郎の小学校時代の友人だと言ったり、大学時代のゼミ仲間だと言ったりする。

出された料理を食べ、注がれたワインを飲む。根が貧乏性なので、お注ぎしますか？　とウェイターさんに言われると、お願いします、とつい言ってしまう。だから酔って失態を演じないようチビチビやる。

永井寛哉《ながいひろや》、というのが僕の名前だ。今日の。

前回は武田朋樹《たけだともき》だった。永井寛哉に武田朋樹。どちらもありそうな名前だ。聞いたところで、そうは記憶に残らない。無難。

どこでボロが出るかわからないから、名前は事前に覚えておく。例えば式場の受付で出席者として名前を書くときに、えーと、僕は誰でしたっけ、となるわけにはいかない。当日いきなりでは厳しい。

新郎新婦から依頼を受けた会社に派遣されるという形で、今僕はここにいる。役柄は、新郎の中学時代の友人。

今日の新郎は勝見郷平《かつみごうへい》さん。新婦は山上詩音《やまがみしおん》さん。勝見郷平さんは二十九歳。同級生設定ではあるが、僕より二歳上。観光バスの運転手をしているという。山上詩音さんは三十二歳で、高校の音楽教師。姉さん女房だ。

観光バスの運転手と高校の音楽教師。変わった組み合わせのように見えるが、実はそうでもない。高校教師であるからには生徒たちと修学旅行にも出るだろう。バスの運転手と会話をすることもあるだろう。ロマンスが芽生えることだって、あるかもしれない。

と思っていたのだが、披露宴が進むうちにそうでないことがわかった。新婦の友人のスピーチで、二人は友人の紹介で知り合ったことが明かされた。ただし、それが事実かはわからない。友だち主催の合コンで知り合ったのだとしても、友人の紹介、と言ってしまうことはできる。

　とそこまで僕が疑う必要もないわけだが、いつも考えてしまう。晴れてこの日を迎えた二人にも、何かしら暗い部分はあるはずなのだ。こうして僕がここにいるわけだから。

　バイト登録をしている会社の人に聞いた。代理出席者を頼む理由は様々だ。新郎側と新婦側で呼ぶ人数が釣り合わないとか、どちらかの地元が遠いため友人を呼べないとか。深刻なものとしては、親兄弟と断絶状態にあり呼べる人がいないとか、再婚だったり再々婚だったりするために友人を呼びづらいとか。

　他人にお金を払って身内のふりをしてもらう。他人からお金をもらって身内のふりをする。世界は空っぽなのだと思う。

　思いつつ、真鯛のフィレのブールブランソースなるものを食べてワインを飲んでいると。遠慮がちに歩いてきた女性が僕のわきで立ち止まり、言う。

「井川《いがわ》くんじゃない？」

「えっ？」

　フォークとナイフを動かす手が止まる。

「やっぱりそう。井川くんだ。向こうの席から見てて、あれっと思ったの」

　向こうの席。真ん中の通路を挟んだ、新婦友人席。

あせる。今そう言っているということは、僕が永井寛哉を名乗っていることに気づいていないということだ。バレたらマズい。そこだけは注意するよう言われている。

「井川くん、勝見さんの知り合いなんだね。席次表に名前出てた？」

その質問には答えず、ナイフとフォークを皿に置いて素早く立ち上がる。テーブルに足がぶつかり、ワイングラスが倒れそうになる。あわてて手で押さえ、すいません、と右側の人に言う。バス会社の同僚さんだ。たぶん、本物。

「ちょっと出ようか」

なるべく目立たないよう壁際を歩き、重厚感のあるドアを押し開けて外に出る。そのドアからも離れて隅に行き、ようやく立ち止まる。

あらためて、女性を見る。肩までの黒い髪。淡いグレーのワンピースにボレロを羽織っている。顔は覚えている。でも名前は。

「萩森澄穂《はぎもりすみほ》」と言われる。「覚えてなくても無理ないよ。クラスが同じだったのは高二のときだけだもん。わたし自身、よく井川くんに気づけたと思う」

「ほんとに、よく気づいたね」

「わたしの席、井川くんのテーブルのほうに向いてるの。だから暇つぶしにじっくり見てた。勝見さんにはどんな友だちがいるんだろうって」

「萩森さんは新婦側ってことだよね？」

「そう。実家が近所なの、詩音ちゃんと」

代理出席バイトを始める前に、会社の講習は受ける。結婚式に関するマナーや食事に関するマナーも教わる。こんなときの対処法も聞いてはいた。なるべく先に声をかけ、急遽来られなくなった人の代役として来た、と説明するのだ。それなら席次表の名前とちがっていてもおかしくない。

「昔、ピアノを習ってたの。詩音ちゃん、音大生のときに子どもたちにピアノを教えてたから。わたしは二年でやめちゃったけど、そのあとも詩音ちゃんとはずっと仲がよくて。こうやって披露宴にも呼んでもらえた。井川くんは、勝見さんとどういう知り合い？」

「どういうって言われるとあれだけど」

言いながら、澄穂の顔を見る。確かに高二のときはクラスが同じだった。席が隣になったこともある。

「わたしみたいにご近所さんてことはないよね？　勝見さん、出身は仙台らしいし」

「あのさ」思いきって言う。「知り合いではないよ」

「え？　そうなの？」

「そう」

「何かのお付き合いで出席を頼まれたとか？」

「それに近いといえば近いかな。おれ、今バイト中。代理出席のバイトでここにいるんだよ」

「代理出席って、サクラみたいなこと？」

「まあ、そう」

「ほんとにあるんだ？　そういうの」

「あるんだね。まさかこんなことになるとは思わなかった。初めてだよ、知り合いと出くわしたのは」

「それは、あせるね」

「うん。あせった。ものすごく」

「でも、バラしちゃっていいの？」

「よくない。絶対ダメ。ただ、あとでバレて話が広まったりするのもよくないから。そうなったら詩音さんもいやだろうし。だから萩森さんは誰にも言わないでほしい。できれば詩音さんにも」

「言わないよ。わたしに知られてるとわかったら、詩音ちゃんもいやでしょ」

よかった。そう言ってくれて、ほっとする。

「それにしても、偶然だね。マズいなぁ。残り時間、わたし、井川くんを見たら笑っちゃうよ。新郎の友人のふりをしてあそこにいるんだなぁ、と思って」

「そこはどうにかこらえてよ」最後は敬語で言う。「この件は内密にということで、お願いします」

「了解。早く戻って料理を食べなきゃ。あ、ねぇ、このあと二次会に出る？」

「いや、披露宴だけ。今回はそういう契約だから」

「じゃあさ、終わったらお茶飲みに行こうよ」

「萩森さん、二次会は？」

「出ない。わたしはただのご近所さんだから、それは遠慮したの。高校の先生とか音大出の人とかと何話していいかわかんないし。だからカフェでも行こ。代理出席の話、もっと聞きたい」

「それはあんまり話しちゃいけないことになってるんだけど」

「個人情報的なことでなければいいでしょ？」

「まあね」

「決まり。披露宴が終わったら玄関の外で待ち合わせね。じゃ、戻ろ」

僕らは別々に会場に戻った。先に澄穂、一分ほど間を置いて僕、という具合に。

その後、新郎新婦のお色直しだのキャンドルサービスだのがあり、余興も行われた。

今は余興も多種多様だ。うた以外の定番は、新郎新婦を題材にしたスライドショーや動画上映。ほかには漫才やコントもある。マジックショーやコスプレショーもある。

寒々しいものも多々あるが、そこは披露宴、空気は温かいので、よほど下品なことでもしない限り、ひどいことにはならない。うまくいけばいったで歓声が上がるし、失敗したら失敗したで笑ってはもらえる。

今回印象に残ったのは、女子高生たちのうたとダンスだ。山上詩音先生が顧問を務める合唱部のそれ。

ダンスといっても、チアダンスみたいなものではない。ゴスペルの合唱に振り付けを加えたようなもの。昔のハリウッド映画をまねたらしい。

女子高生たちは全部で八人。皆、制服姿だ。ブラウスにリボンにスカート。スカートの丈は短いが、下にレギンスを穿いているのでだいじょうぶ。前方、新郎新婦席のわきのスペースを広くつかい、八人が隊列を組む。そして軽快な音楽に合わせ、うたいながら踊る。

初めは、見ていて気恥ずかしかった。自分が四十代、せめて三十代なら、君たちがんばっているな、と親目線で見られたかもしれない。でも二十七歳になったばかりではそうもいかなかった。

のだが、生のうた声を聴き、躍動する体を見ているうちに、気持ちが変わってきた。曲が終わるころには、予想外に感動していた。うたにというのでなく、ダンスにというのでもなく、全体に。言ってみれば、彼女たちの人としての軽やかさに。皆、笑っていた。笑顔をつくっているわけではなく、自然に笑っていた。今この場でそうしていることを楽しんでいる感じがあった。

部の顧問の結婚披露宴に呼ばれる。余興をやってほしいと言われる。平日に学校を抜け出して行けるのならともかく、休日。体育の日の前の日曜。三連休の中日をつぶされる。

「山上の結婚ダリィ〜」「ボランティアはないっしょ」「バイト代マジで出ないの？」「せめて内申書に書いてほしくね？」くらいの会話はあったかもしれない。でも言うだけ。やることはやる。振り付けを覚え、練習する。やるからには楽しむ。

もちろん、想像でしかない。女子高生たちの笑顔から勝手に想像し、勝手に感動してしまった。自分が高校生のころはあんなふうに軽やかではなかったな、と思って。

披露宴が終わったのは午後四時すぎ。澄穂と僕は、玄関の外で待ち合わせるまでもなく、ほぼ同時に会場を出てそのまま合流した。

場所は銀座。街も街。会場があるホテルを出てしまえば、それでもう披露宴感は消えた。ボレロを脱いだ澄穂はワンピース。僕はビジネス仕様の黒スーツ。ネクタイはベースが白の柄もの。僕ら自身からも披露宴出席者感は消えたと思う。

日曜午後四時すぎの銀座は、まったりしていた。歩行者天国が実施されている中央通りの手前にあるチェーン店のカフェに入った。ブレンドコーヒーが一杯二百円で飲める店だ。

安いこともあってか、そこはかなり混んでいた。それでもどうにか禁煙ゾーンに空きを見つけ、二人掛けのテーブル席に滑りこんだ。澄穂を奥に入れ、僕が手前に座る。

コーヒー代は僕がまとめて払った。カッコをつけたわけではない。ほんとに誰にも言わないでね、というワイロのつもりだった。

「それにしても驚いたよ。実際にこういう仕事があって、それをまさか井川くんがやってるとは。これが本業なの？」

「いや、ただのバイト。毎日はできないよ。そう都合よく予定は入らない。月に二回ぐらいかな。みんなそうだと思うよ。あくまでも副業」

「性別とか年齢の条件だってあるもんね」

「うん。といっても、二十代三十代の需要が多いだろうけど。結婚するのもそれぐらいの人たちが多いから」

「バレたことはない？」

「これまでは。みんな、周りのことは意外と気にしないよ」

「でも同じテーブルになったらちょっとは話すじゃない。いつの友だちですか？とか」

「その程度でしょ。深く突っこんだりはしないよね。初対面だし、隣同士でベラベラ話せる雰囲気でもないし」

「もう長いの？」

「一年半ぐらいかな」

澄穂がミルクを入れ、コーヒーを飲む。僕も続く。二百円。安いわりにうまい。緊張が解けたからか、披露宴の最後に出されたコーヒーよりうまいようにも感じる。

「自分じゃない人の役をやるんだから、演技、するんでしょ？」

「それほどのもんでもないよ。決まったセリフを言わされるわけじゃないしね」

「でも自分が井川幹太《かんた》だと明かせないなら、それはやっぱり演技をするってことなんじゃない？　本人役で何かするっていうならまだしも、他人になりきるんだから」

「まあ、ちょっとはそういう面もあるか」

やってみてわかった。自分以外の役をやるのは案外難しい。自分なるものは、どんな場でも無意識にひょいと顔を出してくるのだ。

「余興とかは頼まれないの？」

「頼まれることもあるよ。それは別料金がもらえる。だからうたがうまいとか手品がうまいとかいう人はそこそこ稼げるはず」

「井川くんはやったことある？」

「ないよ。芸は何もないから。見た目は地味だけど人当たりはよくて芸達者って人が一番向いてるんじゃないかな」

「訊いていいかわかんないけど。これでいくらもらえるの？」

「言っていいかわかんないけど。五千円」

「引出物は？」

「おれが登録してる会社はもらえる。もらえないとこもあるらしい」

「演技をするのはおもしろそう。二時間半で五千円なら時給も悪くないし」

「事前の打ち合わせとか会場への移動とかもあるからね、そんなに割はよくないと思うよ。何だかんだで一日がかりだし」

「でもいいものを食べられて、お酒も飲めて、引出物ももらえるわけでしょ？　副業なら悪くないかも。それで、井川くんの本業は何？」

「そっちもバイト。コンビニ。大学を出て会社に入ったけど、二年でやめて。すぐに次の会社に入ったけど、そこも半年でやめた。それからはコンビニ」

「会社、どうしてやめちゃったの？」

「何か合わなくて。それを言ったら、合う会社なんてないだろうけど」

「確かに、ぴったり合う会社なんてないだろうなぁ。自分を合わせていくしかないんだね。そういうのをうまくやれる人たちが出世していくんでしょ」

「萩森さんは今、何を？」

「会社に勤めてるよ。大学を出て入った会社。そこにずっといる。自分に合ってるとは思わないけど、やめる勇気はないな」

「おれも勇気はなかったよ。やっていく勇気もなかったからやめた」

「わたしは、やめるほどの不満はないだけかも」

「何の会社？」

澄穂は社名を挙げた。ボウリングだのカラオケだのが一ヵ所でできるアミューズメント施設を運営する会社だ。

「何度か行ったことがあるよ。ボウリングと卓球をやった。結構遅くまでやってるよね？　店」

「うん。朝六時まで。週末は二十四時間営業になるし。大学のときにバイトしてたの。もう五年めだから、アルバイトさんの指導とかしてるよ。自分がバイトのときは迷惑かけてただろうなって思う。気楽にやってたからね、そのころは。だから楽しかったんだろうけど」

「今は楽しくない？」

「楽しんでくれてるお客さんを見るのは楽しい。店にいるから、お客さんの反応を直接見られるの。その代わり、苦情も直接来るけど。でもカレシと知り合えたから、やっぱり勤めてよかったかな」

「カレシ」

「うん。店のお客さんだったの。何度も来てくれて顔は覚えてたんだけど。いきなり言われた。タカムラです、好きになっちゃいました、付き合ってください、いや、付き合わなくていいからまずは一緒にお茶してくださいって」

「で？」

「お茶ぐらいはいいかなぁ、と思って、しちゃった。何回かお茶飲んで、お酒も飲んで、付き合った。そろそろ三年になるよ」

同い歳。高村くん、だという。

「井川くん、カノジョは？」

「いないよ」

「つくらないの？」

「つくらないというか、できないよね。バイト暮らしだし」

「そんなこともないと思うけど」

大学二年のときは、僕にもカノジョがいた。

カノジョとは大学が同じだった。学部も同じ。語学のクラスはちがったが、ほかの授業でよく会った。僕らはともに前向き成長信仰に囚われていた。つまり、もう大学生なのだからカレシカノジョくらいつくらなければならん、という強迫観念みたいなものにとり憑《つ》かれていた。で、ある意味同志となり、付き合った。

告白、デート、キス、セックス。すべて手順を追ってきちんとした。告白は公園で。デートは映画館で。キスとセックスはカノジョのアパートで。初めて二人で朝を迎えたときは、それなりに晴れやかな気持ちになった。好きな相手と結ばれた充実感よりはノルマを果たした充実感があった。カノジョも同じだったと思う。

そんな僕らだったから、長くは続かなかった。別れた日のことは今でも覚えている。カノジョの部屋でレトルトのカレーを食べた。うまいね、と言い、カレー会社のだからね、と言われた。直後に、別れようか、と言い、そうだね、と言われた。やはりノルマを果たした気分になった。やはりカノジョも同じだったと思う。

「披露宴、すごくよかったね」と澄穂が言い、

「うん」と僕が言う。

「でも井川くんにしてみれば仕事か」

「仕事だけど、よかったよ。高校生たちのうたもうまかったし」

「詩音ちゃん、あの子たちに好かれてるんだろうなぁ。でなきゃ、あそこまでやってくれないよね」

「音楽の先生で詩音さん。ぴったりの名前だね」

「今日来てたお母さんも音楽の先生だったの。音大出」

「あぁ。だから詩音さん」

「ほんとはピアノの演奏家にしたかったの。詩音ちゃんもそのつもりでいたし。でも難しかったみたい。音大を出ても演奏で食べていける人はほんの一握りらしいから。先生になるのを決めたときも、葛藤はあったと思う。わたしがそう訊いたら、詩音ちゃんはそんなのないよって笑ってたけど。井川くんは、就職活動してないの?」

「今はね」

「しないの?」

「やりたい仕事が見つかれば、するかも」

「やりたい仕事かぁ」

澄穂がコーヒーを一口飲む。僕も飲む。

「ウチのお店ってさ、どこも大きいじゃない。駐車場は別の建物になってたりして。で、アルバイトさんには清掃専門の人もいるのね。こないだ新人さんが入ったから、いろいろ教えてたの。外に落ちてるごみを拾うとか、植込みの草とりをするとか。そしたら、駐車場の二階の壁を突き破って、車が目の前にドーンと落ちてきた」

「ほんとに？」

「ほんとに。駐車場の壁って案外薄いのよ。車に突っこまれたらどうしようもないの」

「どうなったの？　車」

「下がちょうど植込みだったから、バックで落ちたそのままの形で止まってた。何だか知らないけど、アクセルを一気に踏みこんじゃったみたいで」

「乗ってた人は？」

「軽いケガですんだ。すぐに店長を呼んで、救急車も呼んだよ。車は何時間かそのままだった。駐車場の壁も何日かはそのまま。でね、これはそのアルバイトさんとも話したんだけど。車が落ちてくるのがもう少し早かったら、わたし、死んでた。何秒か前にその辺りにいたから」

「あぶなかったね」

「あぶなかった。でもそれだけ。結局何もなかったし、今もこうやってぴんぴんしてる。ただ、あとで思った。やりたいことはやっておかなきゃダメだなぁ、あれでわたしが死んじゃうこともあるんだもんなぁって。そう思ったあとに、笑っちゃった。やりたいことなんてないんだもん。考えてみたけど、何も思いつかなかった。そのことに驚いちゃったよ」

わかる。やりたいことを見つけるのは、簡単なようで難しい。早い段階でうまくそれを見つけた人には決してわからない感覚だろう。

「詩音ちゃんみたいにやりたいことがあるのにやれなかった人と、やりたいこと自体を見つけられなかった人。どっちがいいんだろうね」

「うーん」

どちらとも言えない。それぞれが自分で決めるしかない。

やりたいことを見つけられないまま、僕は二十七歳になった。まだ二十代半ばだと見ることもできる。もう二十代後半だと見ることもできる。自身の感覚としては後者だ。

あせりがなくはない。でもそのあせりは僕を突き動かす類でもない。その手のあせりに突き動かされてはいけないのだと、今の僕は思っている。突き動かされた挙句、バックで一気にアクセルを踏みこむようなことをしてはいけないのだと。

2

平井。

と言えば、普通は人を想像する。

今ここで言う平井はちがう。場所だ。江戸川区平井。

僕はその江戸川区平井にあるアパートにもう八年住みつづけている。今年の三月に四度めの更新をして、九年めに入った。

平井は、一言で言えば、地味だ。

とは実に失礼な発言だが、そこに住んでいる人たちも、いや、そうではない、派手だ、とは言わないと思う。住んでいない人たちだって、新宿行こうぜ、渋谷行こうぜ、みたいに、平井行こうぜ、とは言わない。

まず、平井を知らない人も多いだろう。ＪＲの総武線に乗らない人は知らない。総武線快速にしか乗らない人も知らないはずだ。快速は停まらないから。そもそも快速は走る線路自体が別。平井駅のホームを通ってくれさえしない。

総武線の各駅停車に乗り、西船橋・千葉方面へ向かう。御茶ノ水、秋葉原、浅草橋、両国、錦糸町、亀戸。ここまではどうにかなる。で、そのあと。平井、新小岩、小岩。

ん？　平井？

同じ快速通過駅でも、小岩なら漠然としたイメージを持つ人もいるだろう。下町だとか、スナックが多そうだとか。平井は、たぶん、イメージを持たれるまでもいかない。下手をすれば、こう言われる。そんな駅あったっけ？　小岩の次、市川のほうがまだぴんと来てもらえるだろう。あぁ、そこから千葉県なのね、と。

いやいや、待て待て。隣の亀戸だって似たようなものだろう。と言う人もいるかもしれない。でも亀戸には天神がいる。学問の神として、受験生すなわち若い世代をがっちり押さえている。勝ち目はない。

僕が高校まで住んでいたのは神奈川県の相模原市。駅で言うと、ＪＲ横浜線の古《こ》淵《ぶち》だ。大学があるのは都内の水道橋。片道一時間半。通えないことはなかったが、家の事情もあったので、僕は一人暮らしをすることになった。そして平井を選んだ。

大学が水道橋で、アパートは平井。中央線快速が停まらない水道橋から総武線快速が停まらない平井へ。中央・総武線各駅停車で十六分。快速が停まらないから家賃も安い。賢明な選択だろう。

入居したのは、筧《かけい》ハイツ。荒川沿いに立つアパートだ。駅から徒歩十五分。築三十年。A棟とB棟があり、AがワンルームでBが二間。そのA棟、一〇二号室。三室並びの、真ん中の部屋。

大学と提携した不動産屋の紹介物件なので、入居者の三分の二、四人が同じ経済学部の学生だった。しかも学年まで同じ。僕以外の三人が、彦坂治哉《ひこさかはるや》と芳賀英作《はがえいさく》と椎葉有沙《しいばありさ》だ。彦っちが僕の上、二〇二号室で、英作が二〇一号室で、有沙が二〇三号室。僕だけが一階。

筧ハイツの筧は、大家さんの名字だ。筧満郎《みつろう》さんがその大家さん。筧ハイツの敷地のすぐ隣の一戸建てに奥さんの鈴恵《すずえ》さんと二人で住んでいる。ともに七十前のご夫婦だ。

初めは、すぐそばに大家さんがいるのは気詰まりだろうと思っていた。が、そんなことはなかった。いざ住んでみれば、便利なことしかなかった。エアコンやガスコンロは壊れる前に替えてくれる。網戸の閉まりが悪くなったらその日のうちに直してくれる。最初の夏にゴキブリが出たときは、退治までしてくれた。

平井とその南に位置する小松川は、荒川と旧中川に挟まれている。地図で見ればわかるが、まさに二つの川に囲まれ、巻貝の形をした島のようになっている。

荒川は幅が広く、旧中川はそうでもない。荒川は河川敷も広く、旧中川はそうでもない。どちらもその河川敷を歩ける。荒川の河川敷では、川を遠目に見ながら歩くことができる。そちらでは船やモーターボートを見かける。旧中川の河川敷では、川を間近に見ながら歩くことができる。そちらでは競技用のカヌーやボートを見かける。

かつて住んだ古淵にも川は流れていた。境川だ。普段はほとんど意識しないくらい細かった。架かる小さな橋を渡れば、そこはもう東京都町田市。つまり、僕はギリで都民になれていなかったわけだ。

そしていよいよ都民になるべくアパートを探したとき、川の近くがいいな、と思った。そこで浮上したのが筧ハイツ。荒川沿いで家賃も安い。渡りに船だった。のだが、アパートから川は見えなかった。彦っちと英作と有沙が住む二階からでもまったく見えなかった。その辺りは海抜ゼロメートル地帯。高い堤防によって視界を遮られているのだ。

でも階段を上って河川敷に出れば気分はよかった。そこには野球場が五面あり、少年野球場も二面あり、ソフトボール場までもが二面あった。

土手の上にも道があり、斜面を下った河川敷側にも道があった。どちらも舗装されており、散歩にはうってつけ。実際、歩く人もいるし、飼主と歩く犬もいる。走る人もいるし、走る競技用自転車もある。歩きだと一時間かかるが、あと少しで海、というところまでは行ける。

筧ハイツの近くには図書館がある。徒歩五分。お金をつかわずにいくらでも暇つぶしができる。

近くには喫茶店もある。喫茶『羽鳥《はとり》』。個人経営の店だ。お姉さんとは言い難く、おばさんとも言い難いおばあちゃんがやっている。

近くにはスーパーもある。二軒ある。食パンは九十八円。弁当は三百円程度で買える。ものにより、安いほうで買う。

図書館に喫茶店にスーパー。三つが徒歩十分圏内にそろっている。さらに言えば、バイト先のコンビニまでもがそこにある。平井にいるだけで暮らせる。最近はもう、一生ワンルームでいいと思っている。彦っちと英作と有沙が出ていき、自分一人になってからは特に。

皆で過ごした大学時代は楽しかった。大学生活が楽しかったというよりは、アパート生活が楽しかった。よくお互いの部屋を行き来した。彦っちと英作の部屋だけでなく、有沙の部屋にも行った。

彦っちと英作と有沙と僕。誰かの誕生日には焼肉や鍋をやった。誕生日でなくてもやった。タコパことたこ焼きパーティーもやったし、ナガパと称して流しそうめんパーティーもやった。たこ焼き器はホームセンターで彦っちが買い、流しそうめん器はやはりホームセンターで英作が買った。

彦っちは腕時計をつくる会社に就職し、有沙はハンバーガーチェーンの会社に就職した。英作は都立高の教師になった。大学の卒業を機に、まずは英作と有沙が出ていった。勤務地が遠かったからだ。彦っちは銀座だったので、しばらくは筧ハイツから通った。が、去年の三月に出ていった。

たこ焼き器と流しそうめん器は、今も僕の部屋にある。彦っちと英作が置いていったのだ。幹太の部屋にあればまたいつか集まってやれんじゃん、と奇しくも同じことを言って。

そのいつかは、まだ来ていない。たぶん、もう来ないと思う。同じアパートに住んでいたときは、近かった。近くにいたから気軽に集まれたし、近くにいること自体が集まる理由にもなった。大学生なんてそんなものだ。今はもう近くない。集まるなら、理由を探さなければならない。

これまではずっと幹太が下にいたからさ、足音に気をつけたりはしてなかったんだよな。でも新しいとこはちがうから、ちょっとは気をつけないと。

そう言って、彦っちは去っていった。

その後、ほとんど間を置かずに新しい人が入居した。不動産屋が大学との提携をやめたらしく、入居者は学生ではなかった。建物の前の駐車スペースに車が駐まるようになったので、そのことがわかった。

そして僕の苦悩が始まった。筧ハイツA二〇二号室。彦っちのあとの入居者は、過去最凶のがさつくんだったのだ。

僕は食パンが好きだから毎朝食べる。食べていると、七時二十分にこれが始まる。ドン！　そして十分続く。ドン！　ドン、ドン！　ガン！

もしもあなたがアパートの二階の住人であるなら、一階の住人の怒りを買っている可能性について真摯に考えてみたほうがいい。というか、早急に考えてほしい。あなたが立てる足音は、まちがいなく一階の住人に聞こえている。かかとがドンとなった時点で、音と振動は伝わっている。雑音を超え、騒音になっている。

何も言ってこないからいいや、などと考えてはいけない。何も言ってこないからうるさくはないのだろう、などと都合よく考えては絶対にいけない。

一階の住人は、多少うるさくても我慢している。何かいやなことがあっても、人はまず我慢するのだ。何故って、知らない人ともめたくはないから。自分が文句を言う側になるのはいやだから。

実際、二階の足音はほぼすべて聞こえる。がさつくんが帰宅すればわかるし、起床してもわかる。ベランダに出てもわかるし、トイレに行ってもわかる。かかとに重心をかけて、ドン！　歩くたびに、ドン、ドン！　木の床にひざでもつくのか、ガン！　立ってベッドから下りたりもするのか、ドカン！

この、ドカン！　が最大。大げさでなく、地震が来たのかと思う。ユサユサでなくいきなり、ドカン！　震源が近いときのあれだ。眠っていれば起きてしまう。起きていても、あせる。まさに地震と同じで、警戒のしようがないのだ。何せ、見えないから。

がさつくんは本当にがさつで、何をするにもいちいち音を立てる。ものを床に置くときも、たぶん、投げ捨てるように置く。タオルや衣類などのやわらかいものならわかるが、がさつくんは硬いものでもそうする。軽くてもコトンと鳴る。重ければゴトンと鳴る。

がさつくんが入居したその日にはもう、ヤバい人だとわかった。それでも、引っ越し直後はあれこれ落ちつかないものだからしかたない、しばらくは様子を見よう、と思っていた。見すぎた。一週間経っても一ヵ月経っても落ちつくことはなかった。一年半が経った今も、引っ越しは続いている。

がさつくんはいつも午前七時二十分に起きる。そしてドンドンガンガンやって、七時三十分に出ていく。わずか十分。早業だ。そこは感心する。

すぐにバタバタと外の階段を駆け下りる音が聞こえてくる。続いて、ブゥ～ン、という車のエンジン音が聞こえてくることもある。そんなときは七時三十分を過ぎていることが多い。

帰宅時間はまちまちだ。早ければ午後六時すぎ。遅ければ午後十時すぎ。どちらにせよ、ドンドンやる。午後十時どころか、午前〇時を過ぎても関係ない。がさつくんに静音機能はない。

敵情視察も必要ということで、玄関のドアの覗き窓を見て確認した。がさつくんは、たぶん、僕と同世代。二十代後半あたり。

出勤時の服装はビジネスカジュアル。ボディバッグを後ろに掛けて出かけていく。顔まではわからない。でも、何というか、やんちゃな雰囲気がある。服の着崩し方やバッグの掛け方にそれが感じられる。やんちゃな男。僕が苦手なタイプだ。

乗っている車がまたマズい。車そのものは普通のコンパクトカー。ただ、色が金なのだ。偏見だと言われてもいい。金はヤバい。メタリックの黒や赤もヤバいが、メタリックの金はそれ以上にヤバい。

だから二の足を踏んでいた部分もある。早めに注意しておくべきだった。わかっている。実際、何度も考えた。訪ねてやんわり話してみようか。ドアポストに手紙を入れてみようか。大家さんに頼んでみようか。でも相手にうまく伝わるかわからない。僕自身がクレーマー扱いされるかもしれない。ご近所トラブルへと発展するかもしれない。

騒音にはいつか慣れるだろう、と思ってみたが、慣れない。何らかの事情で退居してくれるかも、とも思ってみたが、してくれない。退居するどころか、この半年でキャストは増えた。何と、子どもまで登場するようになった。女性が車で連れてくるのだ。

　これまた覗き窓で確認した。女の子と男の子。たぶん、お姉ちゃんと弟。二人は女性をママと呼んだ。だとすれば、がさつくんは何なのか。ママの兄？　もしくは弟？　答はすぐに出た。やはり子どもたちの声で。パパ！

　それでますますわからなくなった。最近は頻繁に来るのだ。土曜や日曜に限らない。平日の夜も来る。がさつくん自身が金色の車で連れてくることもある。そして遅い時間にママが引きとりに来る。そんなだから、遠くに住んでいるはずはない。その前に、パパなら一緒に住むだろう。

　子どもたちは子どもたちで容赦しない。一階に人が住んでいることを考えない。二〇二号室に入ると、まず走る。一度端まで行って窓にタッチしなければなりません、というルールがあるみたいにバタバタ走る。金曜や土曜の夜には泊まることもある。

　駐車スペースに勝手に駐めていると思われるママの車は軽。色は、金ではないがおとなしくもない。明るめのオレンジ。ハンドルにはいかにも女性向けといった白の革カバーが付けられている。がさつくんの車にママの車。二台が並んでいると、色目的に何だか騒々しい。

がさつくん＋子ども×2。わけがわからない。子どもの足音に悩まされるワンルーム。意味がわからない。

ワンルームの物件には一人しか住めない。そうでないところもあるようだが、この筧ハイツはそう。契約書に明記されている。理論上、子どもは住めないのだ。子どもも自身が契約者になれることもないから。なのに、子ども。がさつくん自身がうるさいうえに、子ども。

ここまで一年半。我慢しつづけた自分に驚いている。一年半我慢できたんなら大したことないんじゃないの？　などと言ってはいけない。大げさに言ってるだけなんじゃないの？　などと言っては絶対にいけない。

ワンルームで団らんを楽しむ家族。微笑ましい光景、と見ることもできる。見ようによっては、一階で恨み言をつぶやいている僕のほうがヤバいやつかもしれない。

階上の善良にして邪悪な四人。階上カルテット。

賃貸アパートは、こうなるとキツい。一生ワンルームでいいと思っていたはずが、まさか外敵に揺さぶられるとは。

3

ウィンウォーン、とインタホンのチャイムが鳴る。

午後七時のそれはあやしい。どうせ何かの勧誘。

出ない、と決めたところでこんな声が聞こえてくる。女声だ。

「幹太、いる?」

宅配便業者なら呼び捨てにはしない。いる? とタメ口で訊きもしない。

あわてて玄関に行き、ドアを開ける。

予想は当たる。外には草間睦子《くさまむつこ》がいる。母だ。紺のダウンにベージュのパンツ。そのカジュアルな服装にちょっと驚く。何というか、母っぽくない。

「何だ。いるのね」

「そりゃいるよ」

「相変わらずわかりづらい場所ね。夜だと余計わからない。途中で電話しようかと思ったわよ」

「わかってもわからなくても、電話はするべきでしょ。来る前に」

「会って直接話そうと思ったのよ」

「何?」

「何? じゃなくて。入れてよ」

「あぁ。うん」

母を部屋に入れる。そんなの、このアパートに入居したとき以来だ。

物入れから座布団を出し、折りたたみ式テーブルの前に置く。

そこに座り、部屋を見まわしながら母が言う。

「引っ越してきたときと大して変わってないわね。学生みたい」

「物が増えてないからね。一応言っとくと、泊まれないよ。布団はないし」

「泊まらないわよ。心配しなくていい。長居はしないから」

安心する一方で、微かに罪悪感も覚える。訪ねてきた親にその言いぐさもないよな、と。罪滅ぼしに言う。

「お茶はないから、コーヒーを入れるよ。インスタント」

「ありがと」

「ただ、砂糖もミルクもないんだけど」

「いいわよ。なしで飲む」

流しの前に立ち、やかんをガスコンロの火にかける。インスタントコーヒーの粉をカップに目分量で入れながら、母に尋ねる。

「川崎から来たんだよね？」

「そう。ケンカして家を飛び出してきたわけじゃないわよ」

「そうは思わないよ」

「思わないの？」

「思わないよ」

「ならよかった」

母は今、川崎市の川崎区に住んでいる。相模原市の古淵ではない。

もう古淵には誰もいない。父も母も僕も。父に関しては、この世にすらいない。

亡くなって、十年近くになる。亡くなったのは遥か昔のことであるような気もする
が、一方で、昨日のことのように思いだせもする。

男は浮気をするものだ。というのは世の定説と言っていいだろう。父井川太二《たいじ》も
した。僕はそれを知っていた。母に知らされたのだ。二人が離婚を決めたときに。

父は地方公務員。市役所に勤めていた。大卒で入り、何度かの異動を経験し、そ
のときは総務部にいた。課までは知らない。

そしてスナックのママを好きになった。名前まで知っている。船木雅代《ふなきまさよ》さん。ス
ナック『船《ふね》』のママだ。店名からわかるように、雇われママではない。自分で店を

持っている。かなり怒っていたのだろう。母は息子の僕にそんな話までした。

当時僕は高校一年生。十五歳。話を聞いたときは驚いた。事の重大さに驚いたというよりは、話の陳腐さに驚いた。市役所勤めの父がスナックのママと浮気。昼ドラかと思った。

息子だから父自身を知っているのに、それとはまた別の冴えない中年男の姿が頭に浮かんだ。ベロベロに酔って、男は言う。ねぇ、ママ。おれもツラいんだよ。慰めてよ。対してママは言う。わかるわかる。ツラいよねぇ。でもみんなツラいのよ。

父と母が離婚することは決まっていた。でも決まっただけ。実際に離婚することはなかった。

離婚が決まったその直後に、父の病が見つかった。肺がんだ。小細胞がんという、進行が速いそれ。見つかったときはすでに転移してもいた。

船木雅代さんは父から去っていった。母は、離婚を踏みとどまった。父は末期に近い状態。そうするしかなかったのだ。さすがに放り出すことはできなかったから。

父は間もなく亡くなった。医師の見立てどおりにだ。余命宣告は当てにならないとも聞いたが、そんなことはなかった。ほぼ的中と言ってよかった。それが高二の二月。

父は普通の生命保険のほか、がん保険にも入っていた。死亡保険金が下り、僕はそのお金で大学に行った。一人暮らしさえ許された。結局、母がそちらを選んだのだ。離婚せずに父を看とって保険金を得るほうを。

二年後、母は再婚した。古淵のマンションに一人で住んだのは一年だけだった。再婚相手は、草間和男《かずお》さん。川崎市川崎区にある草間工務店の社長さんだ。

草間工務店は、主に水まわりの工事を請け負っている。規模は決して大きくないが、ホームページはきちんとしている。管理はすべて息子の守男《もりお》さんがやっているそうだ。今は母もそこで雑用をこなしている。

和男さんは五十三歳。母と同い歳。中学の同級生だという。前の奥さんとはやはり死別している。守男さんは三十歳。僕の義兄だ。

和男さんにも守男さんにも、会ったことはある。今も正月には会う。言い換えると、正月にしか会わない。仲が悪いわけではない。和男さんが母と再婚してくれてよかったと僕は思っている。不満はない。まったくない。

ただ、違和感はある。それだけはどうしても、ある。草間家の人たちのせいではない。僕と母、そして父。旧井川家の者たちのせいだ。

父と母は離婚することを決めた。後のあれこれで事情は変わってしまったが、父の気持ちが母と僕から離れた、という事実は変わらない。

病が見つかって一年もしないうちに父は亡くなった。僕の父のまま亡くなった。

そのときでまだ四十三歳。早すぎた。

もちろん、悲しかった。母の前では泣かなかったが、一人のときに涙がじんわり溢れてきたことはある。でもその涙を頰に流しはしなかった。意図して止めたわけではないが、そうなった。何だろう。悲しみきれなかった。感覚的にだが、僕は父を、すでに母と別れた父としてとらえていた。

僕は無事大学に行き、母は無事再婚した。すべては丸く収まった。そこにこそ違和感があった。父が浮気をした。父が亡くなった。どちらも大きなことだ。なのに、何もなかったようになってしまった。すべてが丸く収まりすぎていた。

ものごとはなるようにしかならない。努力したからうまくいくわけではないし、努力しなかったからうまくいかないわけでもない。一連のことを経て、僕はそう考えるようになった。

湯が沸くと、僕はコーヒーを入れた。そしてカップを母の前に置いた。

「いただきます」と言って、母がコーヒーを飲む。「幹太が入れてくれたのを飲むなんて初めてかもね」

「初めてではないでしょ。引っ越しの手伝いをしてくれたときも、確か入れたよ」

僕自身は、立ったままコーヒーを飲む。この部屋で母と向かい合わせに座るのは、何か気恥ずかしい。

「で、話って?」

「あぁ」母はあっさり言う。「幹太、ウチで働きなさいよ」

「え?」

「草間工務店で。和男さんがね、そうしたらどうかって」

「無理でしょ、いきなり工務店は」

「あんたがその気なら一から教えるって、和男さんは言ってくれてるの。わたしが頼んだわけじゃないわよ。自分から言ってくれた。守男くんも賛成してくれてる」

「その手のことは得意じゃないよ。覚えてないだろうけど、中学の技術の成績もひどかったからね。のこぎりで板も切れなかったし、かなづちで釘《くぎ》も打てなかった」

「ウチは水まわりが主だから、そういうのはないわよ」

「水まわりだって工事は工事なんだから、あるでしょ」

「もう二十七。いつまでもアルバイトってわけにはいかないよ。結婚だって、しなきゃいけないし」

「しなきゃいけないってことは、ないよ」

「まあ、今すぐ決めろとは言わないわよ。でもね、考えて」

「いや、考えたところで」

遮るように母は言う。

「和男さんがあんたのことをそこまで考えてくれてるってことを、考えて。じゃ、ごちそうさま」

「え?」

「遅くなるから、帰るわよ」

「もう?」

「クドクドは言わない。これだけ言えれば充分」

「だったら、電話でもよかったような」

「電話じゃ伝わらないこともあるのよ。顔を合わせて話さなきゃ伝わらないこともね」

「コーヒーは、飲んでけば?」

「ごめん。やっぱりブラックは苦手だわ」

母はよいしょと立ち上がる。コーヒーを流しに捨てて、カップをシンクに置く。

そして玄関に行き、くつを履く。ダウンと同じ色、紺のスニーカーだ。

「あんたね」

「ん?」

「砂糖とミルクぐらいは置いときな。自分がつかわなくても、そのぐらいは当たり前に置いておく。人の生活って、そういうもんだよ」

「あぁ。うん」

「お正月には来なさいよ。和男さんも待ってるから。じゃあね」

「駅まで、送る？」

「来られたんだから一人で行けるわよ。お邪魔さま」

母が出ていき、ドアが静かに閉まる。

そのドアを見つめ、思う。顔を合わせて話さなきゃ伝わらないこと、とは何だったのか。

まあ、普通に考えれば、これしかない。

僕が草間工務店で働くことを母は望んでいる。

一人で平井駅へ向かう母の後ろ姿を想像する。そして、今見たばかりの顔を思い浮かべる。

服装が若かったからそう感じただけかもしれないが。

母は、ちょっと老けた。

4

今日もレジに立つ。

電子レンジで弁当を温めているあいだに次のお客さんをさばく。会計をすませてお釣りを渡すと同時に温めも終了。そんなふうにうまくまわると、ちょっと気分がいい。

このバイトを始めたころは、ソースも一緒に温めてしまい、レンジのなかで爆発させたりしたものだが、もうそんなことはない。今は釣り銭まちがいに気をつけるくらい。

そこさえ注意しておけば、あとはどうにかなる。結局はお金なのだ。何かあったときに、お金の問題じゃないんだよ、と言う人は多いが、そんな人も最後にはお金で矛《ほこ》を収める。

僕の本業。コンビニのアルバイト。始めたときは午前九時から午後六時までだったが、今は一時間早まった。貝原恒之《かいはらつねゆき》店長に言われたのだ。悪いけどそうしてもらえないかな、と。いいですよ、と応じた。一時間早く起きるのはツラかったが、メリットもあった。がさつくんに起こされなくてすむのだ。

午前七時に起き、食パンを食べ、七分歩いて店に行く。そして八時から五時まで働く。僕以外の人は、時間帯によって変わる。早朝だけの人もいれば、昼すぎまでの人もいる。通しでやる人は深夜のほうが多い。

実は僕もその深夜に惹かれている。午後十時から午前五時までは、時給が二割五分増しになるのだ。二割五分は大きい。月収十万円台が二十万円台になる。代理出席バイトをやらなくてもどうにかなる。

深夜は深夜で仕事は大変らしい。お客さんは少ないが、店員も少ない。フライヤーの掃除だの何だの、やることは結構あるのだ。危険もある。酔っぱらい客や強盗に出くわす確率はぐんと上がる。

それでも気楽ではあるだろう。午後九時から午前六時、もしくは午後十時から午前七時にすれば、がさつくんからも解放される。

店は駅から八分歩いたところにある。都道に面しているが、駐車場はない。でもそこは都内の住宅地。駐車場はなくてもお客さんは来る。

店長も僕同様、店の近くに住んでいる。メゾン御園《みその》というアパートだ。でもそれは必要に迫られてのこと。コンビニの店長が店から一時間離れたところに住むわけにはいかない。バイトの誰かが急に休み、代わりの人員も用意できないとなったら、店長が出ていくしかないのだ。

僕は雇われ人だからいい。たまには店長から電話がかかってきて、今日出てきてくれない？　と言われることもあるが、無理なら断ることもできる。でも店長にその自由はない。休まらないだろうな、と思う。実際にそう尋ねてみたこともある。

まあ、自分の店だしね、と店長は言った。体はキツいけど、気持ちは、たぶん、井川くんが思うほどキツくないよ。いや、でも。売上が悪い店だったらキツいのかな。やっぱり大事なのはそこだから。

店長は四十三歳。今は独り。離婚したのだ。元奥さんと娘さんがいる。結婚していたときは奥さんも店で働いていた。親子三人で今とはちがうアパートに住んでいた。別れるときに、店長がメゾン御園へ移った。

と、これは店長本人から聞いたわけではない。同僚から聞いた。店長より一つ上、今四十四歳の大下七子《おおしたななこ》さんからだ。

レジで男性客の相手をする。アイスと雑誌を別々のレジ袋に入れる。

「六百六十五円のお返しです。ありがとうございました」と早口で言い、お釣りを渡す。

控えめに差しだしたレシートは受けとらずに、男性客は店を出ていく。いらない、とわざわざ言いはしないし、こちらの顔を見もしない。

そして次の女性客がレジに来て会計を始めたとき。いきなりこんな声が聞こえてくる。

「何なんだよ！」

男声。トーンが普通ではない。明らかに尖《とが》っている。

一瞬手が止まる。声が聞こえたほうを見る。パンの棚のほうだ。

女性客も僕につられてそちらを見る。

声はこう続く。

「客が見てんだからウロチョロすんなよ！　待ちゃいいだろ！」

「すいません」という声も聞こえてくる。七子さんの声だ。

ヤバいな、と思う。が、レジを離れるわけにもいかない。会計を続ける。五穀米の弁当にプリンにのどあめ。

「九百十三円です」プリンならだいじょうぶだろうと思いつつ、一応、訊く。「袋、ご一緒でよろしいですか？」

「はい」

千十三円を出してくれるので、お釣りの百円を渡す。そして弁当用のレジ袋に弁当とプリンとのどあめ、さらに箸とスプーンを入れる。

「ありがとうございました」

女性客はその袋を持ち、パンの棚のほうに今一度目をやって、歩き去る。

すぐにそちらから三十前後の男性客がやってくる。たぶん、何なんだよ！　の人。スーツ姿で、取り繕っているということなのか、無表情。手にした惣菜パンを三つ、投げやりにドサドサッとカウンターに置く。

「いらっしゃいませ」と言い、会計を始める。

ソーセージドッグと焼きそばパンとコーンマヨネーズのパン。

「四百二十四円です」

五百円玉を受けとり、レジから釣り銭を出す。五十円玉が一枚と十円玉が二枚と五円玉が一枚と一円玉が一枚。ここでまちがえたら火に油。しっかり確認する。

「七十六円のお返しです」と渡し、そこでも控えめにレシートを差しだす。

「いい」とはっきり言われる。

「ありがとうございました」

男性客は振り返り、何ごともなかったかのように去っていく。パンの棚のほうは見ない。チラ見すらしないところに、かえって怒りを感じる。

とりあえずお客さんはいなくなったので、レジを出て小走りにパンの棚へ。

そこでは七子さんが身を屈めて商品の補充をしていた。

「聞こえちゃった?」と先に言われる。

「はい。だいじょうぶですか?」

「だいじょうぶだいじょうぶ。失敗しちゃった。わたしもね、ちょっとヤバいかなとは思ってたの。でも並べるパンはあと少しだったし、ケースを通路に置いとくほうがいやだったから。何も言わなそうなお客さんに見えたんだけどね。読みちがえた」

　何も言わないお客さんも、何も感じていないわけではない。何も言わない一階の住人が二階の足音をうるさいと感じていないわけではないのと同じだ。

　誰しもお客の立場で店員に対してこう思ったことはあるだろう。商品を見たいからその作業はあとまわしにしてくれないかな。でもそれをしてくれない人もいる。わたしは今仕事中なので、との態度を露骨に示してしまう人もいる。だから、あの男性客の気持ちもわからないでもない。が、明らかに歳上の女性にウロチョロすんなはちょっとひどい。

　ようやく補充を終えた七子さんは、屈んだまま僕を見て言う。

「あれは瞬間湯沸かし器タイプだね。いきなりナイフでグサッとやっちゃうタイプ」

「いや、まさかグサッとは」

「わかんないわよ。だってさ、邪魔だと思っても、普通、人にあんな言い方しないでしょ。井川くん、する？」

「しない、ですけど」

「ああいうのはあぶないのよ。よそでためたうっぷんを、爆発させやすいところで爆発させちゃうの。駅員さんに暴力をふるっちゃう人みたいなもの」

　それは理解できなくもない。もしかすると、僕もあぶないのか。電車にはあまり乗らないから駅員さんをいきなり殴ることはないだろうが、Ａ二〇二号室にいきなり怒鳴りこんだりは、するのか？

「家庭に仕事を持ちこんじゃいけないのと同じ。コンビニにうっぷんを持ちこまないでほしいわよ。わたしだからあそこですぐに謝ったけど、熊倉《くまくら》さんならずっと無視だったでしょうね」

熊倉さんは、去年この店にいたパートさんだ。五十前の女性。にしては、見事なまでに気が利かなかった。お客さんに対しても僕ら店員に対しても同じ。ああ言えばこう言うを地で行った。

店長も扱いに苦慮していた。最後には、箸を大量に持ち帰っていたことが発覚し、店をやめた。そのときも店長にはこう言ったという。別に商品をとったわけではないですよ。悪いことはしてませんよ。

と、まあ、熊倉さんのことはさて置き。僕は言う。

「そこまであれこれわかってるなら、七子さんも気をつけましょうよ。いきなりグサッとこられたら、こわいじゃないですか」

「確かにそうね。いきなりグサッ。で、死に場所がこの通路。わたしの死体のまわりには血まみれの菓子パン。そんなのいやだもんね」

「気をつける気、ないでしょ」とついタメ口で言う。

「ありますあります。気をつけます。わたし死にたくない。まだまだ子どもたちの学費がかかるし、ダンナは入ってるけど、わたしは生命保険に入ってないから。コンビニで犬死にはいや」

「犬死にって」

七子さんは万事この調子だ。熊倉さんほどではないが、図太い。というか、たくましい。でも基本的に明るいので、一緒に働いていて楽しい。二十代前半の自分は予想しなかったはずだ。二十代後半の自分が四十四歳のおばちゃんと一緒に働くことを楽しむなんて。

二十代前半の僕は、会社に勤めていた。

大学三年のとき。例のカノジョとの別れをというよりはむしろ父の死を妙な形で引きずったまま、就職活動を始めた。

時期が来たから始めただけ。やりたいことは何もなかった。やれそうなことを見定められもしなかった。ならどうしよう、と考え、せめて好きなものに関わる仕事をしよう、と思った。なら好きなものは何だろう、と考え、何も思いつけなかった。

そう言ってみると、おれも同じだよ、と彦っちは笑った。おれは腕時計が好きだから、その会社をいくつか受けてみるつもり。

わたしはハンバーガーが好きだからその会社を受ける、と有沙は言い、おれは特に好きなものがなくて親が教師だから教師になる、と英作は言った。

僕の場合、親は公務員だが、すでに他界していた。他界していなかったところで、母と離婚してはいたはずだから、口利きを頼む気にはなれなかっただろう。

彦っちの腕時計に有沙のハンバーガー。それに相当するものが何かあるかと考えてみた。なかった。が、無理に絞り出した。

パンだ。シンプルなパン。食パン。有沙のハンバーガーがいいヒントになった。そういうことでいいのだと思えた、という意味で。

パン派かご飯派かで言えば、僕はパン派。だから朝食はパン、昼食もパンで、夕食はご飯。そのくらいでちょうどいい。

実際、子どものころから、家でも朝食はパンだった。母はトースターでパンを焼いたが、父は焼かなかった。薄くバターを塗り、そのまま食べた。

僕はと言えば、小学生のころは母派で、中学生のときに父派に転向した。焼けば焼いたでうまいのだ。でもサラダを食べたり牛乳を飲んだりしているあいだにトーストは冷めてしまう。一口めのあの熱さはなくなってしまう。そこに微かな不満を覚えた。焼く意味がないように感じたのだ。

だから僕は食パンを焼かずに食べる。アパートの部屋にトースターはない。今はもうバターすら塗らない。バターは高くて買えないという残念な理由もあるにはあるが、安くても買わないと思う。焼かなくてもバターを塗らなくても、食パンはうまいのだ。一斤九十八円の安いそれでも。

ということで、製パン会社は自分に向いているのではないかと思った。そして食品会社をいくつか受け、大手製パン会社の一つから内定をもらった。第一志望のところだ。

でも順調だったのは入社まで。同期全員での研修を受けたあと、僕は営業部門へとまわされた。パンをつくる技術はないのだから当然だった。

そこで、キツい上司にぶつかった。こんな人まだいたのか、と驚かされるほどの体育会系上司だ。

「井川はどうにもなんねえな」とその植松《うえまつ》係長は言った。「あ、どうにもなんねえはパワハラか。悪いな。訴えんなよ。謝ったからな」

いつもそんな調子だった。

「自分はほめられて伸びるタイプだなんて言うなよ。ほめられて伸びるのは高校生までだからな。その先は、ほめられたところで、じゃあ、これでいい、と思うだけだぞ」

朝はアパートで自社製の食パンを食べ、昼は外で自社製の惣菜パンや菓子パンを食べた。カレーパンにメロンパンにクリームパン。ストレスがたまるせいか、三つも四つも食べた。結果、太った。

冗談めかして、植松係長は言った。

「おいおい、何、太ってんだよ。パンを食べると太るみたいな印象を与えちゃうだろ」

パンは初めから袋に入っているもの、と感じるようになった。食べものというよりは売りもの。商品にしか見えなくなった。

昼にクリームパンを無意識に二つ続けて食べたことにあとで気づき、限界を悟った。もういいや、と思った。動くなら早いうち。そう思ってしまった。

僕は二年でその会社をやめた。

やめるのは問題ではない。大事なのはそのあとだ。やめたあとにズルズルいってはいけない。とにかく働くこと。まずはやってみること。前向きにそう考えた。

それで失敗したのだからもう好きなものに関わるとか言うのはよそう、と決めた。かといって知らないものを扱うのも無理なので、なじみのあるものにした。家電だ。

会社まで四十分で行けたため、そのときもまだ僕は筧ハイツに住んでいた。朝の総武線の混雑を避けるべく、近場で次を探してみた。そして家電量販店に決めた。

そこなら都営バス一本で行けた。エリア社員ということで、転勤を伴う異動がないのも魅力だった。

今度の上司は文化系だった。同い歳の女性だ。

「井川さん、よく何も知らないで来ましたね」とその篠塚《しのづか》主任は言った。「普通、興味のない会社には入りませんよ」

ある程度は知っているつもりだったが、実際、最新家電のことは何も知らなかった。十万円の炊飯器があることを知らなかったし、空気清浄機が花粉まで除去してくれることも知らなかった。

「家電、好きじゃないですよね？　どうしてパンから家電なんですか？」

答えられなかった。仕事で好きなものに関わるのはかえってよくないと思いまして、とは言えなかった。篠塚主任は家電が好きだから。

認めるしかなかった。トースターさえ持っていない僕は、家電になじみはあっても、興味はほとんどないのだ。たこ焼き器や流しそうめん器があるホームセンターを選んだほうが、まだよかったかもしれない。

結局、一年持たずにその会社もやめた。

そして僕は行き詰まった。

間を置かないようにと急いで決めた二社め。でも長つづきせず、退職。この二度めが大きかった。

前向きに考えて再就職したつもりだった。まさにそのとおり。僕はつもりになっていただけだ。やることはやっているように見せていた。自分に。

大学卒業から四年半が過ぎた今も、彦っちと英作と有沙は、それぞれが進んだところで働いている。やめたのは、第一志望の会社に入った僕だけだ。

将来市役所に勤めようかな、とかつて父に言ったことがある。確か中三の冬あたりだ。受験期。

焼かない食パンを食べながら、父は言った。

幹太は幹太自身が好きなことをやればいいよ。

やはり焼かない食パンを食べながら、僕は思った。

何言ってんだよ。自分は好きで市役所勤めをしてんのかよ。楽で安定した仕事でないとしても、それを選んでたのかよ。

その数ヵ月前。父は、酒に酔って市役所の窓口を訪ねた男に殴られていた。大したケガはなかったが、それは明らかな暴力で、警察に被害届を出してもいいようなことだった。

実際、父の上司が届を出しかけたらしい。でも父が止めた。逆恨みによる後の報復をおそれて。父自身がそう言ったわけではないが、たぶん、そういうことだ。

正直、幻滅した。その幻滅が、何言ってんだよ、につながった。

今は少しわかる。僕だって、同じ選択をするかもしれない。名を捨てて実を取るかもしれない。何なら、まったく迷わずに。

5

今のような生活をしていると、土日の休みはありがたくない。むしろ図書館が混むというデメリットがある。それでも行かざるを得ないのだ。二階でドンドンやられているよりはましだから。

日曜日。今日も行こうとしていた。

前夜からの泊まりではなかったが、午後には子どもたちが来た。最近はもうがさつくんの車が駐まるだけでわかる。エンジン音で聞き分けられる。

外に車が駐まる。ドアを閉める音が聞こえてくる。バタン、バタン。運転席と後部座席の二度。そして二階の通路を子どもたちが走る音が続き、その音はやがて僕の頭上へと移る。子どもたちの軽い音に、がさつくんの重い音が交ざる。

今はどこかで昼食をとってきたのだろう。このあとしばらくは部屋にいるはずだ。

ふうっと息を吐き、僕は出かける支度をする。ジョガーパンツをバギーパンツに穿き替える。窓のカギをかけ、スマホをマナーモードにしてパンツのポケットに入れる。

図書館三時間コース。今日は完全な暇つぶし。というか、騒音からの逃避。本を借りることはないだろう。

と、そんなことを考えながら、スニーカーを履き、玄関のドアを開ける。

ガン！　と何かが当たる。

え？

一瞬、自転車か何かがドアの前に置かれていたのかと思った。

うわぁん、という子どもの泣き声がすぐに聞こえてくる。緊急事態発生。サイレンのような泣き声だ。

あせる。あらためてドアをゆっくり開き、外を見る。

子どもが倒れていた。小さな男の子だ。倒れたというよりは、尻もちをついたという感じ。僕が開けたドアにぶつかったらしい。一階の通路を走ってきて、ぶつかったのだ。そしてはじき飛ばされるように転んだ。

うわぁん、のサイレンは続く。日曜の住宅地に響き渡る。

あわてて外に出て、屈んだ。男の子は顔をクシャクシャにして泣いている。見る限り、血が出たりはしていない。おでこが少し赤くなっている。

パタパタと階段を駆け下りる音がして、サンダル履きの男性がやってきた。男の子と僕、どちらにというでもなく尋ねる。

「どうした？」

「走ってきて、ドアにぶつかったみたいで」と僕が説明する。

男性は男の子のわきにしゃがみ、赤くなっているおでこにそっと触る。

「ぶつけた？」

男の子は泣きながらもうなずく。

「だいじょうぶ。痛くない痛くない」次いで男性は僕に言う。「急に開けたらあぶねえよ」

「え？」

「目の前でいきなりドアが開いたら、そりゃぶつかるだろ」

「いや、でも」

「でも何」

「ドアは普通、いきなり開けますし」

「ちょっとは気をつけるべきなんじゃねえの？　強く開けなくてもいいだろ」

「別に強く開けては」

「ゆっくり開けけば、走ってたってよけられるだろ。ぶつからないだろ」

「そう、ですか？」

「ちょっと上来て。ちゃんと話そう」

「今、ちゃんと話してますけど」

「もっとちゃんと」

階段を下りる音がして、今度は女の子がやってきた。

「フウト、どうしたの？」

男性がそちらを見て言う。

「転んだ。ドアにぶつかったんだって」

「だから言ってるんだよぉ。ふざけちゃいけないんだよって」

がさつくんと子どもたち。三人の顔を初めて見た。がさつくんは、やはり少しやんちゃ。会社員としてギリセーフ、という程度に髪が茶色い。お姉ちゃんと弟は、子どもとしてごく普通にかわいい。顔はわりと似ている。がさつくんとはそうでもないが、姉弟同士は似ている。

「行こ。上」とがさつくん。

「じゃあ、まあ」と僕。

偉いことになった。まさに緊急事態発生だ。

そもそも、僕は被害者のはず。なのに加害者のようになっている。普通は気づかないだろう。ドアを開ける前に外の確認などしない。子どもが走ってこないよな、と思うわけがない。

　がさつくんがフウトくんを抱きかかえ、お姉ちゃんに言う。

「戻るよ。アカナ」

　玄関のドアにカギをかけ、がさつくんとアカナちゃんに続いて階段を上る。

　二階に行くのは一年と七ヵ月ぶり。彦っちの引っ越しを手伝ったとき以来だ。

　そして部屋に入る。二〇二号室。五分前まで、こんなことになるとは思いもしなかった。騒音に耐えかねてついに怒鳴りこむ。それ以外にこんなパターンがあったとは。

　二〇二号室の造りは、一〇二号室とまったく同じだ。バスの位置にトイレの位置に流しの位置。すべて同じ。コンセントの位置が同じなので、洗濯機と冷蔵庫の配置も同じになる。でもほかの家具調度の配置はちがっていた。

　僕の部屋にはないが、こちらにはシンプルなつくりのシングルベッドがある。あとは、テレビとロッカータンスと収納ボックスとミニテーブル。

　ミニテーブルの周りにはクッションが四つ。赤と青とピンクと水色。ピンクと水色は子どもサイズ。そしてあちこちに洗濯物が散らばっている。

「そこ座って」

「はい」

言われたとおり、赤いクッションに座る。がさつくん自身はベッドの縁に座る。子どもたちは座らない。あちこちをバタバタと走りまわる。

促されるまでもない。自ら説明した。一気に。

図書館に出かけようとしていたこと。いつもどおりにドアを開けただけであること。お子さんが走る音はまったく聞こえなかったこと。聞こえてたらさすがに気をつけていたこと。

熱心に話した。思いを、というか事実を伝えたかった。入社面接のときや営業会議のときでさえ、ここまで熱心ではなかったはずだ。

説明を聞くと、がさつくんはあっさり言う。

「わざとじゃないんだ？」

「はい？」

「フウトがうるさいからわざとドアをぶつけたのかと思ってた」

「そんなわけ、ないですよね？」

「それはわかんないよ。なかにはおかしいやつもいるから。警戒はしねえと。けど、まあ、考えてみればそうか。ドアを開ける前に外の確認なんかしねえわ。つーか、できねえし」

「ただ。ドアをぶつけちゃったのは、すいませんでした」

「わざとでないならいいよ。しょうがない。こっちも悪かった、疑ったりして」

「いえ」

「何にしてもさ、初めて顔見たよ。会わないもんだな、アパートの上と下に住んでても」

「そう、ですね」

「おれ、トダ。埼玉にある戸田の、戸田。そっちは何さん？」

「えーと、井川です」

「今日は休み？」

「はい」

「図書館に行こうとしてたって言ってたけど。イベントか何かあんの？」

「ない、ですけど」

「本を借りに行くとか？」

「いえ、そういうことでも」

それ以上のことは言えない。あなたがうるさいからそこへ逃げこむのです。言えるわけがない。

「こうやって知り合ったのも何かの縁だしさ。お茶でも入れるよ。ペットボトルのお茶だけど」

「アカナが入れる」とそのアカナちゃんが言う。

「ダメ。アカナはこぼすから」

「こぼすのはフウトだもん」

がさつくんあらため戸田さんが、流しでグラスにお茶とオレンジジュースを入れる。二つがお茶で二つがオレンジジュース。そして四つを運び、ミニテーブルに置く。

アカナちゃんとフウトくんがそれぞれピンクと水色のクッションに座り、戸田さんはもとの位置、ベッドの縁に座る。僕の左側にアカナちゃん。右側にフウトくん。右ななめ前に戸田さん。何これ。

「飲んで」

「いただきます」

飲む。まさに普通の緑茶。おいしいです、とも言いづらい。

「いただきます」とアカナちゃんが続き、

「いっただっきま～す」とフウトくんも続く。

フウトくんはとっくに泣きやみ、ケロッとした顔になっている。

戸田さんが身を乗り出してそのおでこに触る。

「まだ痛い？」

「痛くない」

「たんこぶにもなってないから、だいじょうぶか」

「ごめんね」と僕。

「ううん」とフウトくん。ちゃんと首を横に振ってくれるところが子どもらしい。

「フウト、もう走っちゃダメ」

「走らない」

「と今はそう言うじゃん」と戸田さんは僕に言う。「どうせまた走るんだよな。何か走んのよ、子どもって。で、すぐ疲れて、すぐ回復する。充電が速ぇんだな。スマホなら高性能だよ」次いでこう尋ねる。「もうここは長いの？　このアパート」

「八年半、ですね」

「マジで？」

「はい。大学に入ったときからなので」

「おれは一年半」

知っている。正確には一年七ヵ月。僕が騒音に耐えてきた期間だ。

「名前、何？」とアカナちゃんに訊かれる。

「井川です」

「ちがくて」

「え？」

「下の名前」と戸田さん。

「あぁ。幹太です。井川幹太」

「じゃあ、カンちゃんだね」

「カンちゃんは何歳？」とこれも戸田さん。

「二十七です」

「何してる人？」

「バイトです。コンビニでやってます」

「コンビニ。どこ？」

説明した。

「お、マジで？　おれ、行ってるよ。結構行く」

「じゃあ、たぶん、会ってますね」

そのはずだが、顔を見てもわからなかった。無理もない。コンビニには多くのお客さんが来る。毎日決まった時間に来るような人でない限り、顔までは覚えない。

それから三人のことを聞いた。戸田愛斗《あいと》さんに朱奈《あかな》ちゃんに風斗《ふうと》くん。戸田さんが二十九歳。朱奈ちゃんが六歳で、風斗くんが四歳。だという。

「戸田さんは、会社勤めですか？」

「そう。ペンキとかの塗料をつくってる会社。おれはつくるほうじゃなくて、営業。隣の江東区だから、都営バスで行ってるよ。小松川三丁目から乗って亀戸駅前で乗り換える。どうしても遅刻しそうなときは車で行って、コインパーキングに駐める」

「僕の部屋の前に駐まってる車が戸田さんのですよね？」

「そう」

「あれは、何色ですか？」

「金。スズキイグニスのヘリオスゴールドパールメタリック」

「あまり見ないですよね」

「見ないね。ボディのカラーに金を用意してる車種そのものが少ないし。やっぱ売れないいんだろうな。おれも探したのよ。車買うときに、金色があるやつを。それでイグニスに決定」

「色で決めたんですか？」

「うん。もちろん、値段が手頃だってのもあったけど。おれは金が好きなのよ。つーか、銀がきらいなんだな」

話に飽きたのか、風斗くんが立ち上がって窓際に行く。そして床に転がっていたアニメキャラクターの人形を手にする。それを見て朱奈ちゃんも立ち上がり、僕の後ろをすり抜けて風斗くんのところへ行く。

「前にオリンピックのメダリストが言ってて、確かにそうだと思ったんだけど。銀メダルって、最後の試合で負けてもらうメダルなんだよ」

「そう、なりますよね」

「おれ、ガキのころに空手をやっててさ、大会に出たりしてたわけ。けど、その大会でもらえるメダルがいつも銀なのよ。小四小五小六と毎年同じ相手に負けて、銀。そいつが常に金。名前まで覚えてるよ。カザオカタツマ。風の岡に立つに真実の真で、風岡立真。名前からしてスターじゃね？　金メダリストじゃね？」

「カッコいいですね」

「タレントの芸名だとしてもやり過ぎだよな。逆にカッコ悪いと思っちゃうよ。けど、それが本名だから参る。で、実際に顔はよくて空手も強い。聞いた話だと、勉強もできたらしいよ」

「あら」

「こいつがまた性格もよくてさ。学校がちがうから年に一度その大会でしか会わないおれに、決勝のあとで言うんだよ。戸田くん、去年よりずっと強くなってるから途中で負けるかと思ったよって。上から目線の感じではまったくなく、本気で思ってる感じで。こんなやつにはかなわねえなって、おれは思ったよ。そんなだからさ、金メダルをもらったことはなかったわけ」

「でもいつも銀メダルをもらってたんですよね。だったら充分すごいじゃないですか」

「いやぁ。やっぱ金がほしかったよ」

「だから車は金なんですか？」

「銀がいやだから金て感じかな。銀も、色自体は好きなんだけど」

ゴトン、と音がする。風斗くんが、手にしていたミニカーを床に落としたのだ。

ミニカーといっても、それなりに大きい。そして金属製。ついでに言うと、金色だ。金のスポーツカー。

あぁ、これか、と僕は理解する。これがいつも聞こえるゴトンなのだ。普通、そんなに物を床に落とすか？　と思っていた。落とすらしい。

朱奈ちゃんがミニカーを拾い、風斗くんに渡してやる。

「ほら、ちゃんと持って」

「持ってるよ」と言いつつ、風斗くんはまた落とす。ゴトン。

グラスのお茶を一口飲み、戸田さんに尋ねる。

「空手をやってたなら、黒帯とか持ってるんですか？」

「持ってない。小学生まででやめたよ。冬とかマジで痛ぇし、裸足だからつま先は冷てぇし。こりゃ無理だと思ったよ。だから、あれだな、大人になって金への執着だけが残った感じだな。次に車を買うときも、たぶん、金にするよ。いいのがなかったら、ほかの色のを買って塗り替えちゃうかもしんない。二十万近くかかるけど、できないことはないんだよ」

この際だと思い、ついでにこれも訊いてしまう。

「車、もう一台ないですか？　オレンジ色のが」

「あれはママの。同じスズキのワゴンR。リフレクティブオレンジメタリック。勝手に駐めちゃってるんだわ。だから大家さんにはナイショね。もしかしたら気づかれてるかもしんないけど」

気づいていたとしても、人がいい大家さんは何も言わないだろう。ほかの居住者に迷惑をかけるとか月に二十日は駐めてるとか、そういうことがない限り。

そして戸田さんがあっさり言う。

「ママとは別居してんのよ。この二人とも」

「でも、結構来ませんか？」とそれもつい訊いてしまう。

「ママも働いてっから大変なのよ。二人を保育園に入れてはいるけど、延長すると、別に金がかかるし。仕事のあとにおれが迎えに行くこともあるよ。そんなときは初めから車で会社に行く」戸田さんは遊んでいる朱奈ちゃんと風斗くんを見ながら言う。「もう、マジで無駄だよ。まずこうやっておれが部屋を借りてることが究極の無駄。アホらしいよな。おれのせいだけど」

「そうなんですか？」

「そう。原因はおれの浮気」

それもあっさり言われ、ちょっとあせる。浮気という言葉は子どもに伝わってしまうのではないだろうか。特に六歳の朱奈ちゃんには。

「一年半以上になるよ。別居しはじめたのは、朱奈がまだ四歳のとき」

自分の名前が出たからだろう。朱奈ちゃんがチラッとこちらを見る。

「奥さんも仕事をしてるんですか」

「美容師。今は千円カットの店に勤めてる。そこはフルタイムでなくても雇ってくれんのよ。だからママさんでも働けるわけ。時間の融通も利かせてくれるらしい。アイナは朱奈を産むときに、勤めてた美容院をやめたの。で、二年後に風斗を産んで、また働きだした。で、おれのそれで別居。距離をとろうって言われたよ。謝ったけどダメだった。別れるまでいかなくてよかったよ」

「奥さん、アイナさんなんですか」

「奈は朱奈と同じ。そろえたの。朱奈はアイナからとって朱奈で、風斗は愛斗からとって風斗」

「アイナさんもアイがつくんですね」

「字はちがうよ。藍色の藍で、藍奈。どっちもアイがつくってことでぴんと来たのよ。合コンで」

「合コンで？」

「そう。おれら、合コンで知り合ったの。美容師との合コンだから、かなり気合を入れて行ったよ。で、一目惚れ。歳は同じで、名前を訊いたら藍奈。来たねぇ、ぴんと。この子しかいないって思ったよ」

「字は、ちがうんですよね」

「藍奈もそう言ったよ。ぴんと来るほどじゃないでしょって。どっちかって言うと、そういうのでぴんと来たがるのは女のほうでしょって」

それにはつい笑った。ぴんと来たがる、というのはいい。

「浮気するつもりは、なかったんだけどなぁ」

「みんな、初めはそうなんじゃないですかね」

「カンちゃん、浮気したことある？」

「ないですよ」

「珍しいな」

「そんなことないですよ」

「ヤベえなぁ。将来風斗が浮気男になったら、おれ、怒れねえじゃん。つっても、朱奈にカレシができてそいつが浮気男だったら、そんときは容赦しないけど」

「しないんですか？」

「しないよ。そこは理屈じゃねえから。もう、あれだよ、小学生のとき以来の下段まわし蹴りをお見舞いするよ。突きとのコンビネーションで、最後は上段だな。寸止めはしない。当てる。けど、そいつも風岡立真ばりに強かったりして。そこでもやられたらショックだなぁ」

　どこまで本気なのかわからない。がさつに見えて、実は繊細なのか。

　戸田さんは立ち上がって冷蔵庫のところへ行き、そこから出したお茶のペットボトルを手に戻ってくる。そしてキャップを開け、空いた自分のグラスにお茶を注ぐ。まだ半分残っている僕のグラスにも注ぐ。キャップを閉めてからもペットボトルはテーブルに置き、ベッドの縁に座る。

「そういえば、アパートは何でここなんですか？　バスの乗り換えなしで行ける場所に住んだほうがいいような気がしますけど」

「それだと家賃が高かったの。やっぱ平井よりは亀戸のほうが高いじゃん。ただ、決め手は川だよ。川のすぐそばってとこにそそられた」

「見えないですけどね。川」

「それな。おれも内見に来てコケそうになった。けど、広い河川敷に出たら、気分いいじゃん。散歩に連れてったら朱奈も風斗も喜ぶだろうなって思ったよ。それで決めた」

「実際に行きます？　散歩」

「行くよ。土手に上がると、風斗がまず何か叫ぶ。気持ちはわかるよな。デカい声で叫んでも、あそこならうるさくないから。カンちゃんも散歩する？」

「しますよ」

「一人で？」

「はい」

「一人で散歩して、楽しい？」

「散歩は一人のほうがいいですよ。人のペースに合わせて歩くのは疲れるし」

「確かに疲れるな、風斗に合わせるのは。ダーッと走ったかと思えば、もう歩けないって言うし。ペース配分！　ってツッコみたくなるよ」

「走りたくなるのもわかりますけどね。あの広さなら」

「おれもガキなら走るだろうな。で、芝生にドサッと寝転ぶ」

　ミニカーで遊ぶのに飽きたのか、風斗くんがでんぐり返しを始める。狭いスペースでのでんぐり返し。体が小さいからできることだ。

　厳密に言えば、でんぐり返しではない。でんぐり返らない。洗濯物の上に転がるだけ。まず床に頭をつき、背中からドン！

あぁ、これか、とまたしても僕は理解する。下の部屋で初めてこの音を聞いたときは、人が倒れたのかと思った。本当に倒れていたのだ。

その後、戸田家の三人は快調に飛ばした。

風斗くんもバタバタ。朱奈ちゃんもバタバタ。戸田さんの、ガン！　も来た。ひざを床につくときの、ガン！　だ。そして、立ったままベッドから下りるときの、ドカン！

初対面の僕に妻と別居していることまですんなり話してしまう戸田さんにならば、足音がうるさいことを言えそうな気もした。

が、言わなかった。知り合っていきなり文句を言うのもなぁ、と思ってしまったのだ。不可抗力とはいえ風斗くんのおでこにドアをぶつけちゃったしなぁ、とも。

6

収集日の前夜にごみを出してはいけないことになっている。はずだ。

でも時には出してしまう。午前八時までに出せばいいのだから、バイトがある日は問題ない。バイト自体が八時からなので、店に行くときに出す。が、バイトがない日と収集日が重なった場合、前夜に出してしまうこともある。そんな人は多いらしく、深夜のその時点ですでに一定量のごみは出されている。

というわけで、今日も出す。微妙にこそこそと。

幸い、違反の見張り番をするおばあちゃん、みたいな人はこの近辺にはいない。筧ハイツの大家さんも奥さんもそんなことはしない。しないどころか、いつもごみ集積所をきれいに掃除してくれる。ついでにアパートの前まできれいに掃除してくれる。

アパートに住んでいると、隣の人となるべく顔を合わせないようにする。たまたま出くわせば会釈ぐらいはするが、わざわざ顔を合わせにはいかない。要するにマナーみたいなものだ。彦っちや英作や有沙がいたときはそんな気はつかわなかったが、今はつかう。

のだが、気づけなかった。

サンダル履きで部屋を出てごみ集積所に行くと、ブロック塀で仕切られたそこに人がいた。カーテンゲートを開けようとしたそのときに気づいた。

「うわっ」

近くに街灯があるので、ごみ集積所は真っ暗ではない。いたのは三十代ぐらいの男性。カラス避けの黄色いネットを上げ、ごみ袋の整理をしていた。

「すいません」と、大げさに驚いてしまったことを謝った。

男性は身を屈めたまま僕を見る。

「ちょっと待ってね。積んでたのが崩れたみたいで、ネットからはみ出ちゃってたから」

確かにそうなっていることもある。僕なら、山が崩れていても積み直したりはしない。自分のごみ袋をネットの下に差し入れるだけだろう。ほかの人が出したごみ袋に触る気にはなれない。

「ほんとは違反だよね」と男性が笑み混じりに言う。「この時間にごみを出すの」

「そう、ですね」

「でも出しちゃうよね」

「出しちゃいますね」

「大家さんに悪いなとは思うんだけど。ごみ、もらうよ」

「あ、いえ。自分で」

「ついでだから」

手を差しだされるので、ごみ袋を渡してしまう。

「じゃあ、すいません」

男性はそれを真ん中の奥のほう、どんなカラスのくちばしも届かない辺りに入れてくれる。

ではこれで、というわけにもいかないので、僕も作業が終わるのを待つ。

「隣の人だよね」と男性が言う。「一〇二号室の人でしょ?」

「はい」

「おれ、一〇三」

「そうなんですか。どうも」

「もしかして、通り沿いのコンビニで働いてる?」

「はい」

「おれはもっぱらスーパーだから、コンビニにはあまり行かないんだけど。何度か見かけたことがあるよ。隣の人かなと思ってた」

「すいません、気づかなくて」

「いやいや。せっかくだから、一応、言っとくよ。おれはナカジョウね。篠から竹かんむりをとった條じゃなく、条例とかの条で、中条」

「僕は井川です。井戸の井に川で、井川」

「井川くんか。よろしく」

「よろしくお願いします」

「学生ではないよね？」

「はい。前は会社に勤めてましたけど、今はバイトです」

「そっか。おれも同じだよ。前は会社に勤めてたけど、今はフリー。カッコをつけて言ってるわけじゃなくて、バイトもしてないって意味でのフリー。ライターなんだよね。まったく食えてないから、コンビニなんか滅多に行けないわけ。スーパーで買えるものはスーパーで買う」

「僕も同じですよ」

「コンビニで働いてんのに？」

「はい。コンビニは働くだけ。帰りにスーパーに行きます。二軒はしごします」

「賢明だね」

「ライターさんて、どんなものを書かれてるんですか？」

「何でも書くよ。できれば書評一本でやりたいんだけど、そうもいかなくて。だからほんとに何でも書く。どこぞの会社が出した新製品の紹介記事とか、そういうのが多いかな。大した金にはならないけどね。取材費は全部自分持ちだから、赤が出ちゃうこともあるよ」

「そんな仕事も受けるんですか」

「うん。そうしないと次につながらないから。みんなそうだと思うよ、認められるまでは。いや。認められてもそうなのかな。それで食える人はほんの一握りだよ」

「厳しいですね」

「でもやっちゃうんだよね。ほかにやりたいこともないから。今三十三で、いつまでそんなこと言ってられんのかって話だけど。井川くんは、いくつ？」

「二十七です」

「二十七か。じゃあ、まだだいじょうぶだ」

「だいじょうぶ、ですか？」

「ダメ？」

「うーん」

中条さんが、積み直したごみ袋の山にふわりとネットを掛ける。そして少しもはみ出さないよう微調整する。

「はい、終了」

「すいません、やってもらっちゃって」

「いいよ。きれいにまとまってないといやなんだよね。自分が最後にごみを出して汚いままだと、何か落ちつかない。逆にごめんね、待たせたみたいになっちゃって」

「いえ」

「たまにはコンビニにも行かせてもらうよ。おにぎりが百円のときとかに」

「お願いします」

「といっても、おれが行ったところで井川くんの稼ぎにはならないか」

中条さんがごみ集積所から出る。

せめてこれだけは、と僕がカーテンゲートを閉める。カチリと音が鳴る。ロック完了。

そして二人、筧ハイツに戻る。

「そんじゃ」と中条さんが言い、

「どうも」と僕が言う。

それぞれ一〇三号室と一〇二号室に入る。

ドアにカギをかけ、チェーンもかけて、なかに上がる。

ライターさんか、と思う。とりあえず、いい人でよかった。上は変わった人なのだから、隣ぐらいはまっとうな人でなければ困る。

7

騒音源の人たちの顔や名前を知ったからといって、うるささが軽減されることはなかった。が、感じ方は少し変わった。音がどう出ているか想像できることで、苦痛がいくらか緩和されたのだ。

　二階の住人の足音がうるさいことは、代理出席バイトでまさかの再会を果たした萩森澄穂に話していた。

　で、あれ以来、澄穂とはＬＩＮＥでちょこちょこやりとりをするようになっている。

〈がさつくん。今日はどう？〉

〈絶好調。天井、揺れまくり〉

　とか。

〈工事の人たちがつかう防音用のヘッドホンをしてみたら？〉

〈あれは長時間つけてると圧迫されて耳が痛くなるらしい。だから寝るときは無理〉

　といった具合。

　今日はこうだ。

〈昨日は姉弟は？〉

〈泊まり〉

〈風斗くんのでんぐり返しは？〉

〈なし。来たのが夜遅くだったから〉

〈夜遅ければ、ないの？〉
〈ある。夜十時を過ぎてても、調子がよければでんぐり返る〉
〈昨日は調子がよくなかったんだ？〉
〈疲れてたのかも。今朝起きたのも遅かった〉
〈何時？〉
〈十時〉
〈その時間までみんな寝てるの？〉
〈そう。まず戸田さんが起きてスタート。ベッドから下りて、ドカン！〉
〈大変。やっぱり言えば？〉
〈まあ、いずれ〉
〈代理出席はしてる？〉
〈まさにしてきた。今、その帰り道〉
〈わたしは昨日同窓会に行ってきた。高三のクラスの〉
〈楽しかった？〉
〈微妙。盛り上がる人とそうでない人がくっきり分かれた感じ〉
〈萩森さんはどっち？〉
〈そうでないほう。次は行かないかも〉

〈おれは声もかからないよ。前に一度断ってからは〉

〈断ったの？〉

〈そう。会社をやめたばかりで、そんな気分じゃなかったから〉

〈その同窓会とは別に学年単位でやる同窓会もあるじゃない。学校の同窓会実行委員みたいなのがやるあれ。行ったことある？〉

〈ない〉

〈わたしも。学年単位って、知らない人ばかりだよね。それで同窓会って言われても。楽しいのかな〉

〈そこにも代理出席の人がいたりして〉

〈いてもわからないだろうね〉

〈さすがにわかるでしょ。何組の誰々って言わなきゃいけないし〉

〈バレちゃうか〉

〈バレたら気まずいだろうね。同級生として親しげにしゃべってたのにバレたら〉

〈それはキツい！　いや～な空気になるね。でも誰が代理出席を頼むわけ？〉

〈実行委員かな〉

〈何のために？〉

〈参加者を増やすために。人がたくさん来てる写真をアップすれば、なら自分も、

となるかもしれない〉

〈高村くんも言ってた。自分もその実行委員みたいなのだって。三年生のときにクラスの同窓会係になったら、卒業後もそのまま実行委員みたいなのにされてたんだって。聞いてないよって怒ってた〉

〈わかりそうなものだけどね。高三のときに同窓会はやらないし〉

〈わたしもそう言ったら、そういやそうかって〉

〈それ、戸田さんぽい〉

〈ほんと？　ヤバい。でも高村くん、足音はうるさくないと思う〉

〈こないだ戸田さんの部屋に行って思った。同じ部屋にいたら、案外気づかないかも〉

〈検証したいけど、できない。最近、同じ部屋にあんまりいないから。実は、もうほとんど会ってない〉

〈そうなの？〉

〈そう。だからというわけじゃないけど。またお茶飲みに行こうよ。お酒でもいいし〉

〈行こう〉

〈戸田さんとかのバカ話を、もっとしよう〉

〈しよう〉

いつ行く？　とは言わない。もうほとんど会ってないとはいえ、カレシ持ち。そんな相手には言えない。同じことを思うのか、澄穂も言ってはこない。

やりとりが長くなった。僕は五分前からすでに立ち止まっている。筧ハイツの前、道路を挟んだ堤防側の階段のところに。

〈バイトおつかれさま。また連絡するね〉

〈了解〉

スマホをパンツのポケットに戻し、顔を上げる。

筧ハイツのA棟とB棟があり、隣が大家さん宅。そのもう一つ隣の家の前に高校生男子が立っている。高校生とわかるのは、制服を着ているから。たぶん、図書館のすぐ隣にある高校の制服だ。

その彼が、帰ってはきたが何かに気づいたのでまだ家には入らない、といった様子でこちらを見ている。そして、見ていたことを僕に気づかれたと思ったからか、道路を渡ってやってくる。

間近で見ると、なかなかのイケメンだ。

「あの、筧ハイツの人ですか？」

「はい」

「コンビニの人でもありますよね？　向こうの通り沿いにある」

「そうです」

「やっぱり。前から思ってたんですよね、どっかで見たことある人だなって。コンビニで見たときもこの辺で見たときも思うんですよ。その二つがやっと結びつきました。そう。コンビニにもいる、覓ハイツの人ですよ」

コンビニにもいる、覓ハイツの人。確かにそうなのだが、そんなふうに言い表されると、何だかわびしい。

「あのコンビニ、よく行きますよ。学校から近いんで」

「ありがとう、ございます」

「ウチの学校の生徒、多いですよね。たぶん、先生もいますよ」

校舎がある方向を指して、こう尋ねる。

「そこの高校、だよね？」

「そうです」

「で、家がここ？」

「はい」

「近いね。高校まで歩いて五分ていうのはうらやましいよ」

「コンビニも近いじゃないですか」

「まあ、そうだけど」

「あの店、前に母親がパートで働いてたんですよ。僕が中学にいたときまではやってました。知ってますか？　コオリアキエ」

郡章恵さん、だという。

「知らないな。君も、郡くんなんだよね。今、何年生？」

「二年です」

「ということは、お母さんが働いてたのは二年前までか。ちょうど入れちがいだね。お母さんがやめたところにおれが入ったのかも」

「よかったですよ、やめてくれて」

「どうして？」

「近くのコンビニで母親が働いてるのはキツいです」と郡くんは大してキツそうでもない感じで言う。「中学のとき、友だちによく訊かれましたよ。買いに行ったら安くしてもらえるのかって。できるわけないですよね」

「できるわけないね。コンビニでそんなことやってたら儲けは出ない」

「すいません。だから声をかけちゃいました。もしかしたら母親を知ってるかと思って。知られてませんようにとも思って」

「結果、知らせちゃったね」

「はい。でももう働いてないので。今も働いてたら、さすがに声はかけないですよ」

「今はどこか別のところで働いてるの？」

「どうだろう。働いてるのかな。わかんないです。北海道にいるんで」

「北海道？」

「はい」

何で？　と流れで訊きそうになり、かろうじてとどまる。

「離婚したとかではないですよ。父親がそこの支社に転勤になったんで、ついていきました」

「あぁ。単身赴任はしなかったってこと」

「はい」

「じゃあ、今は誰が家に？」

「誰も。僕一人です」

「一人なの？　お姉さんとか、でなきゃ伯母さんとかがいるわけでもなく？」

「兄弟はいないし、親戚も住んでません。別に大変じゃないですよ。洗濯ぐらいは自分でできますし。乾燥まで全部洗濯機がやってくれますし」

「そうだろうけど」

「親が隣の筧さんと親しいんですよ。筧さんも、困ったことがあったら何でも言ってねと言ってくれてます」

「にしても、高校生が一戸建てで一人暮らし、か。そういえば、今日は日曜だけど、何で制服？」

「部の活動に行ってきたので」

「部活か。何部？」

「キドウ部です」

「キドウ？」

「将棋の棋で、棋道」

「あぁ。将棋。強いの？」

「強くないです。熱心な部員でもないし。今日も、地域の人と将棋を指すイベントがあるから絶対来いって言われたんで行っただけ。いつもそんなですよ」

でもそこそこ強いだろうな、と思う。郡くんが通う学校は、早稲田や慶應の合格者も出す進学校なのだ。大学生のときに英作が言っていた。すぐそこの高校、偏差値高いらしいよ、と。その進学校の棋道部員。熱心ではなくても将棋は強そうだ。

「そのうちコンビニに行きますよ」

「うん。安くはできないけど、来てよ。弁当の温め時間を五秒長くする、くらいのことはできるから」

「いいですよ」と郡くんが笑う。「弁当は家で温めます。一人でも、温められます」

「そうか」と僕も笑う。「洗濯機と同じ。レンジが全部やってくれるか」

「はい。あの、名前、聞いといてもいいですか?」

「うん。井川。井川幹太。こっちも、下の名前、訊いていい? お母さんの名前だけ知ってるのも変だから」

「ユイキです。唯一の唯に樹木の樹で、唯樹」

「おぉ。カッコいい」

「いちいち唯一の唯とか言うのはカッコ悪くていやなんですけどね。でもやっぱりそれが一番伝わるんで。じゃあ」

「じゃあ」

別れた。高校二年生の郡唯樹くんは、一人で住む一戸建てへ。二十七歳アルバイトの僕は、同じく一人で住むワンルームへ。

彦っちや英作や有沙が去って一人になったと思っていたが。

中条さんに続いて郡くん。

さすがに八年半も同じところに住んでいると、そして一年半も近くのコンビニでバイトをしていると、妙な形で知り合う人たちも増えてくる。

8

ウィンウォーン、とインタホンのチャイムが鳴る。

また母じゃないだろうな、と一瞬思うが、幹太、いる？　という声は聞こえてこない。

だから応対はしない。受話器もとらない。日曜の午後。今度こそ何かの勧誘だろう。土日なら在宅率も高いだろうと踏んでいるのだ。

コンコン、という軽めのノックが続く。勧誘の人たちはたまにこれをやる。ほんとはいらっしゃいますよね？　という感じに。

今は、そのあとさらにこんな声が続く。

「カンちゃん、いる？」

まさか。

玄関に行き、ドアを開ける。

外には戸田さんがいた。

「よかった。休みは決まってないって言ってたから、いないかと思った」

「今日は休みです」

戸田さんはためらわない。勧誘の人とはちがい、用件をスパッと言う。

「じゃあさ、上に来てくんない？」

「え？」

「朱奈と風斗を見ててほしいんだわ。おれさ、出なきゃいけなくなっちゃったのよ。三十分かもうちょっと。長くても一時間。会社の人にものを渡さなきゃいけなくなっちゃってさ」

「休みなのに、ですか？」

「そう。これ。ＤＶＤ」

戸田さんはそれらしきものが入った白いレジ袋を見せる。ウチのコンビニの袋だ。

「っつっても、エロ関係ではなくて。ディズニーもの。朱奈と風斗に観せようと思って借りてたのよ。それを返してくれって言われちゃって」

「急にですか？」

「急に。親戚の子が来て、観たいとゴネだしたんだと。その子は前に来たときから観るつもりでいたとかって。そんならそっちが取りに来いよって話なんだけど。借りたのはこっちだしさ、相手は上司なんで。まあ、遠くもないから、そんじゃ行きますよと」

「大変ですね」

「大変なのよ。だからちょっとだけ、朱奈と風斗を見ててくんないかな。ただ部屋にいるだけでいいから。ママにさ、絶対に子どもたちを二人だけにすんなって言われてんのよ」

なら一緒に連れていけばいいんじゃないかと思ったが、まあ、言わずにおく。それも気の毒だ。朱奈ちゃんと風斗くんに。

「ほんとに、いるだけでいいんですか？」

「いい、いい。風斗がガスコンロをいじろうとしたらやめさせるだけでいいよ」

「いじるんですか？」

「いじらない。例えばの話。ただ、ベランダには出ないようにしてほしいかな。下に落ちたら困るから」

「まあ、そのくらいなら」

「やった。たすかるよ」

むしろ僕にとってメリットがある話だ。騒音を気にしなくていい。図書館に逃げなくていい。

「一時間でいいんですよね？」

「もし超えちゃったらごめん」

「そのときはそのときで。じゃあ、行きますか」

サンダルを履いて、外に出る。玄関のドアにカギをかける。戸田さんと二人、階段を上って二〇二号室へ。

戸田さんが玄関のドアを開ける。

すぐに朱奈ちゃんと風斗くんが駆け寄ってくる。

「パパ出かけてくるわ。カンちゃんがいてくれっから、言うこと聞いて」

「すぐ帰ってくる？」と朱奈ちゃん。

「くるよ。一時間ぐらい」

「一時間てどのぐらい？」と風斗くん。

「ポケモン二回分」そして戸田さんは僕に二枚の千円札を差しだす。「これ、ベビーシッター代」

「いいですよ」

「タダってわけにいかねえから」

「部屋にいるだけですから」

「いるだけでも」

「いや、ほんとに」

「じゃあ、まあ、そのうち何かで。入って。おれは行ってくっから」

「はい。いってらっしゃい」

戸田さんは二人に手を振り、階段を駆け下りていく。

すぐに、バタン、ブゥ～ン、という音が聞こえてくる。

僕はドアを閉め、カギをかける。部屋には、幼児二人と、親戚でも何でもない成人男性。そう考え、一瞬ひやっとする。

朱奈ちゃんと風斗くんがバタバタと部屋の奥に駆け戻る。朱奈ちゃんがすぐに振り返って言う。

「カンちゃん、お仕事は？」

「お休み」

休みではなく、お休み。自動的におがついたことに自分でも驚く。

こっちこっちと朱奈ちゃんが手招きするので、僕も部屋の奥へ。

「座って」と朱奈ちゃんに言われ、前回と同じ赤いクッションに座る。

二人は座らない。風斗くんは室内をウロウロし、朱奈ちゃんは立って僕を見ている。

「カンちゃん、わたしお茶入れてあげよっか」

「いいよいいよ」

「入れる」

朱奈ちゃんは冷蔵庫のドアを開ける。

朱奈はこぼすから、と戸田さんが言っていたのを思いだし、僕もすぐに立ち上がる。

「ほんとにだいじょうぶだよ」

「入れる。できるもん」

朱奈ちゃんが流しのわきにグラスを置く。そしてペットボトルのキャップを開ける。六歳の女の子が持つと、二リットル入りのペットボトルはかなり大きく見える。

中身がたっぷり入っているので不安になる。いつでも対処できるよう朱奈ちゃんのすぐ後ろに立ち、両手を広げて構える。女児に襲いかかろうとしている変質者みたいだと思い、ちょっと笑う。というか、笑えない。

おっかなびっくりではありながら、朱奈ちゃんはどうにかお茶を注ぎ、ペットボトルのキャップを閉める。冷蔵庫には僕が入れようと手を伸ばすが、朱奈ちゃんは無視。最後まで自分でやる。冷蔵庫のドアを閉めてお茶のグラスを運び、ミニテーブルに置く。

「ね？　できるでしょ？」

「うん。できる」

「どうぞ」

「ありがとう。いただきます」

赤いクッションに座り、お茶を一口飲む。

「おいしいよ」

「お茶だよ」と窓際で寝転んでいる風斗くんが言う。

ジュースほどおいしくはないよ、というような意味らしい。

とりあえず一段落。でも朱奈ちゃんはまだ座らない。やはり立ったまま、僕と話す。

「カンちゃんは子どもいないの？」

「いないよ」

「結婚してる？」

「してない」

「しないの？」

「どうだろう。できないというか、いずれはするというか、しないというか」

そして直球が来る。

「好きな人いる？」

「いないかな」

と言いつつ、一瞬、澄穂の顔が頭に浮かぶ。高村くんと実はもうほとんど会ってない澄穂、だ。

「何でいないの？」

「何でかはよくわからないけど」

「じゃあ、好きなものは何？」

「好きなもの」それは思いつく。「パン」

「パン？」

「うん。食パン」

「食パンが好きなの？」

「そう」

「変なの」

「変じゃないでしょ。じゃあ、朱奈ちゃんは何が好き？」

「プリキュア。風斗はポケモンで、わたしはプリキュア。知ってる？」

「ごめん。よく知らない」

話が続かない。

下手に家庭のことは訊けないから、無難なことを訊く。

「朱奈ちゃん、保育園に行ってるんだよね？」

「行ってるよ」

「楽しい？」

「楽しいよ。みんなで遊んだり、絵を描いたりする。おうたをうたったりもする。

風斗はね、ゴロゴロしてる」

「ゴロゴロしてるの？」

「うん。ゴロゴロ転がったりしてる」

「あぁ。そういうことか」

文字どおり床を転がっているということだ。今みたいに。

「保育園の先生は優しい？」

「優しい。風斗が転んで泣くと、さすってくれる」

「痛いの痛いの飛んでいけって、今も言う？」

「言う。でも痛いのは飛んでかない。風斗、いつまでも泣いてる」

「いつまでもは泣きませんね」と風斗くん。

「泣いてるよ。こないだも泣いたじゃん」

と、まあ、そんな具合にあれこれ話をした。

朱奈ちゃんは、訊けば何でも答えてくれた。僕がするまでもなく、風斗くんにも
話を振ってくれた。さすがお姉ちゃん、と感心した。

風斗くんは二度でんぐり返しをした。今回もやはり、でんぐり返らなかった。起

き上がらない。ドン！　と背中をついて、おしまい。

四十分ほどが過ぎたころ、外に車が駐まる音がした。

戸田さんのイグニスの音とはちがうように聞こえたので気にしなかったのだが。

数秒後、カギが解かれ、いきなり玄関のドアが開いた。そうしたのは女性だ。二十代後半ぐらいの。

僕は座ったままそちらを見た。ばっちり目が合った。動きが一瞬止まった。僕も、女性も。

先に口を開くのは女性だ。

「誰？」

声が矢のように鋭い。玄関から一直線に僕へと向かってくる。

「あ、えーと、下の住人です」

「何でここにいるんですか」

いるんですか？　と訊かれてはいない。いるんですか！　と責められている。

「いや、あの」

マズい。誤解されている。侵入者だと思われている。

やや腰を浮かせて、僕は言う。

「戸田さんに頼まれまして」

「頼まれた?」

「はい。ここにいてくれと。出かけるから留守番をしてくれと」

「留守番」と言うその口調が少しだけ和らぐ。「下の住人て、一階に住んでる人ですか?」

「はい。真下です。一〇二号室」

「知り合いなんですか? 戸田の」

「一応、そんな感じかと」

「ママ。カンちゃんだよ」と背後から朱奈ちゃんが言ってくれる。

「カンちゃん?」

「うん。カンちゃん。コンビニの人」

「コンビニの人?」

「近くのコンビニで働いてます」

朱奈ちゃんが僕に言う。

「カンちゃん。ママ」

それを受けて、ママも言う。

「初めまして。戸田藍奈です」

「どうも。井川幹太です」

「パパはどこ行ったの?」と藍奈さんが僕越しに尋ね、

「出かけた」と朱奈ちゃんが答える。

「会社の人のとこに行ったみたいです」と僕が補足する。「DVDを返さなきゃいけないとかで」

「DVD?」

「はい。ディズニーの。朱奈ちゃんと風斗くんに観せようっていうんで、借りてたらしいです」

「それを返しに?」

「はい。急遽言われたらしくて」

「それで戸田が、ここにいてくれって、カンちゃんさんに?」

「はい」

「何それ」というその言葉は、僕にでなく戸田さんに向けられたものであるように聞こえた。「言っといてほしいですよ」

「すいません」

「いえ、カンちゃんさんがじゃなくて、戸田が」

「言ってなかったんですね」

「ないです。そういうとこが、ほんと、ダメなんですよ」

そうですよね、とは言えない。黙っている。

「わたしも上がりますね」

「どうぞ。と僕が言うのも変ですけど、どうぞ」

今度こそ立ち上がる。そしてその場に立ち尽くす。

「すいません。これ、クッション、つかっちゃって。そのうえお茶まで頂いちゃって」

「お茶、朱奈が入れたんだよ」

「すいません。入れてもらっちゃいました」

「だいじょうぶ？　こぼさなかった？」と藍奈さん。

「こぼさなかった。ちゃんと入れた。ね？　カンちゃん」

「うん。ちゃんと入れてくれた」藍奈さん向けに言い直す。「入れてくれました」

朱奈ちゃんが言ってくれてよかった。そうでなければ、僕が勝手にお茶を入れたと思われたかもしれない。

「お母さんが来られたのなら、僕はもうこれで」

「ダメ。いてください。戸田がお願いしたなら、わたしが帰ってもらうわけにはいかないし」

「でも」

「かまいませんから」

「じゃあ、まあ」

「どうぞ、座って」

座る。藍奈さんに手で示されるまま、赤いクッションに。

藍奈さん自身はベッドの縁に座る。前回戸田さんが座ったところだ。

「戸田、何時に帰ってくると言ってました？」

「一時間ぐらいでと。出たのが二時半ごろでした」

「じゃあ、帰りは四時ですね。一時間と言って一時間で戻った例《ためし》がないんですよ。読みが甘いんですよね、いつも。だから一時間と言ったら一時間半。それが戸田時間です。保育園のお迎えとかはちゃんと時間どおりに行くんですけど、自分の用事だと途端にズボラになるんですよ。いるでしょ？　そういう人」

「いる、んですかね」

「冷たいのもあれなんで、コーヒーを入れますよ。インスタントですけど」

「いえ、このお茶だけで」

「わたしも飲みたいので、ついでに」

「あぁ。では、すいません。お願いします」

藍奈さんは立ち上がって流しのところへ行き、てきぱきとインスタントコーヒーを入れにかかる。

「カンちゃんさん、というかカンちゃんのカンて、どういう字?」

「新幹線の幹です」

「カンちゃん、新幹線なの?」と窓際から風斗くん。

「そうだって」と藍奈さん。「カッコいいね」

「カッコいい。ぼく、新幹線乗りたい」

「乗せてあげたいけど、乗る用がないわよ」

「どっか行きたい」

「ママも行きたい。どこ行く?」

「知らない」

「知らんのかい」

お湯が沸いてコーヒーを入れると、藍奈さんはカップ二つをミニテーブルに置いた。そしてまたベッドの縁に座る。

「ごめんね。お茶のあとにコーヒーで」

「いえ」

「で、もう一つごめん。先に言えばよかった。砂糖とミルクがないの」

「だいじょうぶです。僕はどちらも入れないので」

「わたしも。だから買ってないのよね。そもそも戸田はコーヒーを飲まないし。わたしが飲むからインスタントを買ってあるだけ。どうぞ」

「いただきます」

一口飲む。僕が入れるそれよりはずっと濃い。インスタントコーヒーは人によって差が出るのだ、特にブラックで飲む人の場合は。

「戸田さんはコーヒーを飲まないんですか？」と藍奈さんに尋ねてみる。

「そう。飲めないの。ムンとくる感じが苦手なんだって。ムンと、くる？」

「チョコと似たイメージなんですかね」

「でもチョコは好き。要するに子どもなんでしょうね。いまだに好きな食べものがカレーとハンバーグだから。カレー屋さんに行ったら、トッピングにハンバーグ載せるし」

前回は戸田さんとの四人で、今回は藍奈さんとの四人。何これ、とまた思う。

「カンちゃんて、歳いくつ？」と藍奈さんに訊かれる。

「二十七です」

「へぇ。わたしは戸田と同じ。来年は三十路。ヤバい。で、何、コンビニで働いてるの？」

「はい。バイトですけど」

「わたしも同じ。正社員ではない」

「美容師さんですか」

「知ってんの？」

「戸田さんに聞きました」

「子どもが二人いてフルで働くのは難しいから、今はパート。二人がもうちょっと大きくなったらフルにする」

「大変ですよね、お子さんがいると」

「慣れるけどね」藍奈さんはコーヒーを一口飲んで言う。「熱《あっ》っ！」

僕より二歳上。実際、歳上に見える。母親だからだと思う。見た目はむしろ若い。ショートの髪は戸田さんよりもはっきりと茶色い。そっくりとまではいかないが、顔は朱奈ちゃんと風斗くんに似ている。姉弟双方の母親だとすんなりわかる。

「今日はお休み？」と訊かれ、

「はい」と答える。

「土日休みなの？」

「いえ。まちまちです。でも土日も休めます」

「わたしも土日は関係なし。むしろ仕事のほうがありがたい。パパが土日休みで、二人をまかせられるから」

「今日も仕事ですか？」

「そう。早めに上がって迎えに来たの。日曜の夜に二人をここに泊まらせるわけにはいかないから。わたしが迎えに来ることは、パパに聞いてない？」

「はい」

「もっと遅くなるはずだったから、言わなかったのかな。買物を先にすませるつもりでいたの。でもそっちをあとにした。二人にどこかでアイスでも食べさせてやろうと思って」

そんな話をしているうちに時間は過ぎた。

戸田さんは、本当に午後四時に帰ってきた。

外に車が駐まる音がして、階段を駆け上る音もして、玄関のドアが開いた。

「ママ、早ぇじゃん」

「早ぇじゃん、じゃないわよ」藍奈さんの口調が変わる。尖る。「何、二人を人まかせにしてんのよ」

「いや、急に呼ばれたから」

戸田さんはくつを脱いでなかに上がる。そして立とうとした僕を手で制し、ピンクのクッションにドカンと座る。

「わたしが来るのを待てばいいでしょ」

「待ったら遅くなるじゃん。つーか、こんなに早く来る予定じゃなかったろ?」

「買物をあとにしたの」

「何だ」

「何だじゃなくて。買物だとは言ってあったんだから、電話すればいいでしょ?

そしたら少しは早く来られたよ」

「けど、カンちゃんに頼めばいいかなぁ、と。知り合いだし」

「知り合ったばかりなんでしょ?」

「そうだけど」

「パパおかえり」と絶妙なタイミングで朱奈ちゃんが言い、

「おかえり」と風斗くんも続く。

「二人とも、おとなしくしてた? カンちゃんの言うことは聞いた?」

「聞いた。ね? 風斗」

「聞いた」

「ね? カンちゃん」

「うん。聞いた。というか、僕は何も言ってないけど」

「カンちゃんだって迷惑でしょうよ」と藍奈さんが言い、

「カンちゃん、迷惑だった?」と戸田さんが言う。

「いえ、迷惑では」

「迷惑じゃないって」

「言えるわけないでしょ、迷惑でも」

「いえ、あの、ほんとに迷惑では」

「ほら」

「ほらじゃない。カンちゃん、ほんと、ごめんね。次は断っていいから」

「次がある前提じゃん」と戸田さんが笑う。

「非常識なパパはどうせまたやるから先まわりして言ったの。カンちゃん、ほんとに断っていいからね」

「はい。用があれば断りますよ」

「でさぁ」と藍奈さんはなおも戸田さんに言う。「カンちゃんに一時間て言ったんなら、ちゃんと一時間で帰ってきなよ」

初め戸田さんは僕に三十分と言っていたのだが、それは言わずにおく。

「ちがうんだよ。おれも一時間で帰るつもりではいたの。けど、休みの日にわざわざ来てくれたからとか言われて、上司の家に上げられちゃったのよ」

「遠慮しなさいよ、そういうときは」

「したんだけどさ。お茶の一杯でも飲んでいってくださいって奥さんが言うから。

おれだって飲みたくなかったよ。お茶じゃなくコーヒーが出てきちゃったし。しかも上司の親戚と同席。マジか、と思ったよ。こっちが甥っ子でそっちが姪っ子ですって、知らねえっつーの」

というそれがまさに前回、この部屋に入れられた僕が経験した状況だ。初めて会う朱奈ちゃんに風斗くん。そして上司でも何でもない戸田さん自身。

「知らねえっつーの、みたいなそれ、上司の前で言ってないでしょうね」

「言わねえよ。言うわけないじゃん。甥っ子とはポケモンの話、姪っ子とはプリキュアの話をしたよ。まだ観てないのに観たふりして、借りてたディズニーのDVDの話もしたし」

そのあたり、戸田さんはうまそうだ。よく言えば優秀な、悪く言えば調子のいい営業マンの匂いがする。

わずかに残っていたカップのコーヒーを飲み干して言う。

「じゃあ、僕はそろそろ」

「カンちゃん、マジであんがと」と戸田さん。「おれも何かあったらやるからさ。何でも言って」

「何かって、何があんのよ」と藍奈さん。「一階の人が二階の住人に頼むことなんかないよ」

その言葉を聞いて、思った。チャンスではないかと。足音のことを今言えばいいのではないかと。

言えなかった。

戸田さんだけなら言えたかもしれない。でも新顔の藍奈さんも加わったことで言えなくなった。やはり初めて会う人には言いにくい。

「お茶もコーヒーもごちそうさまでした」と立ち上がる。

「帰るの？　カンちゃん」と朱奈ちゃんが言い、

「いれば」と風斗くんが言う。

その、いれば、にちょっと笑う。

「じゃあ、お邪魔しました」

「朱奈、風斗、お見送り」と戸田さんが言い、

「いいですいいです」と僕が言う。

朱奈ちゃんと風斗くんは僕の遠慮を無視してバタバタと駆けつけ、全力でお見送りにかかる。見送りというか、押し出しに近い。

三和土《たたき》でサンダルを履く。

「じゃ、どうもね、カンちゃん」と戸田さん。

「ありがとうね」と藍奈さん。

「バイバイ。また来てね」と朱奈ちゃん。

「いつ来る？」と風斗くん。

「うーん。いつか」と言って、僕は風斗くんの頭を撫でる。

ごく自然に自分がそうしたことに驚く。子どもの頭を撫でたぞ、と思う。

玄関のドアを開けて外の通路に出る。そのドアを静かに閉める。僕の部屋を出るときに母がそうしたみたいに。

9

「三時間立ちっぱなしはキツいね」と七子さんが隣の僕に言う。「五時間のなかの三時間と八時間のなかの三時間は、重みというか、意味合いがちがうわ。あと二時間のはずがあと五時間。井川くんは若いからいいけど、おばちゃんはツラい。肩も腰も、張る張る。ここ何日か軟膏を塗ってるんだけど、臭わない？　だいじょうぶ？」

「だいじょうぶです」

「微香性のやつをつかってはいるけど、微香性なら微香性で、今イチ効いてる感じがしないのよね。すっきり感がないというか、ひんやり感がないというか。フルタイム勤務に慣れるより先にガタが来ちゃったらどうしよう」

「慣れますよ。人間の体って、案外うまくできてますし」

「でもおばちゃんは慣れるのにも時間がかかるのよね。わたしがここで倒れたら、井川くん、あとはお願いね」

「何ですか、それ」

「名もなきおばちゃん、コンビニで力尽きて殉職。ほら、刑事ドラマなんかでよくやってるじゃない。殉職したら、二階級特進とかになんのよね。ここの場合なら、何だろ。正社員を飛び越えて、エリアマネージャーかな」

「エリアマネージャーも正社員ですよ」

「じゃあ、何を飛び越えて何？」

「店長を飛び越えてエリアマネージャー、じゃないですかね。って、いいですよ、この話。そもそも二階級特進とか、ないから」

「お、井川くん、見事なノリツッコミ」

レジにお客さんがいないときの七子さんは、いつもこんな感じだ。この人は絶対に倒れないと思う。こんなことを言いながら、実はすでにフルタイム勤務に慣れていると思う。

最近、こうしてレジで七子さんと一緒になることが多い。自身が言うように、勤務時間を長くしたからだ。前は週三で一日五時間程度だったのを、週五で一日八時間にした。午前八時から午後五時。僕とまったく同じ形だ。

コンビニのパートさんには五十代六十代の女性も多い。四十四歳の七子さんはむしろ若手の部類だ。

ウロチョロすんなよ、と男性客には言われてしまったが、仕事の手際はいい。あのときだって、よすぎたからああなったようなもの。普段はレジでモタモタしてお客さんをイラつかせることはないし、急な欠勤をして店長を困らせることもない。

今がまさにそうだが、一人もいなかったはずのお客さんが何故か立てつづけに来店して一気に列をつくっても、七子さんとなら余裕を持ってさばける。一列に並んだお客さんは、交互に一人ずつ、僕のレジへ、七子さんのレジへと分かれていく。

そして一人また一人と出ていき、店には誰もいなくなる。凪《なぎ》の時間が生まれる。

「おぉ、奇跡」と七子さんが言う。「このまま店を閉めちゃおうか」

「飲食店の午後の休憩みたいにですか？」

「そうそう。五時からまた再開」

「二十四時間営業をうたいながらの一時休憩。斬新ですね」

「そんなことしたら、本部に即通報だろうね。あそこの店が閉まってるぞって」

「ネットに上げるだけで充分ですよ。動画を上げられて即炎上。下手すれば、生中継とかされちゃうんじゃないですかね。今まさに閉まってますって」

「せめて十分は続いてほしいよね、この穏やかな時間が」

「続かないでしょうね。一人来たら、あとは数珠《じゅず》つなぎですよ。さっきみたいに」

「一気に来たり一気に引いたり。ほんと、不思議よね」そして七子さんは言う。「あぁ。やっと残り二時間。八時間て長いよね。最近つくづく思うわよ、ウチのダンナも毎日こんな大変なことしてたのかって」

「会社の仕事は、ずっと立ちっぱなしってこともないんじゃないですかね」

「まあね。その意味ではレジのほうが大変かも。でもまた別の大変さがあるでしょ。井川くんはどうだった？　会社員時代、大変だった？」

「やめちゃってるんで、大変じゃなかったとは言いづらいです。七子さんだって、会社勤めをしてたんですよね？」

「してたけど。わたしは腰掛けＯＬだったから。大変大変、と口で言ってただけ」

「それにしても。週五とはずいぶん思いきりましたね」

「うん。稼がなきゃいけないから」

「もしかして、お子さんが私立の学校に行くとか」

「まさか。公立公立公立。ウチは私立なんて絶対無理。今の状況じゃ公立だってあやういよ」

今の状況、というその言葉に引っかかりを覚える。

それを感じさせてしまったのか。七子さんがすぐに言う。

「ダンナがね、会社をやめちゃったのよ」

「え？　そうなんですか？」

「そう。やめたというよりは、やめさせられたに近い。はっきり言っちゃえば、リストラ。何か、会社でいろいろあったみたいで」

「あぁ」

「ダンナ、わたしより四つ上なの。今、四十八。それでこれはキツいわよ。だから店長に頼んだの。事情を話して、週五のフルでやらせてくださいって」

「そういうことですか」

「今は必死よ。もうああいうことはできない」

「ああいうこと？」

「ほら、わたしがお客さんに怒鳴られたあれ。もし店長の前でああなったら、わたしまでクビにされちゃう」

「それはないですよ。あれはあのお客さんの虫の居所が悪かっただけ。いきなり言われたわけだから、どうしようもないじゃないですか。フォローも何もできないですよ」

「でもお客さんを怒らせたのは事実だからね」

「そうですけど。店長だってわかりますよ」

「ダンナに続いてわたしまでクビなんてことになったら目も当てられない。そうならないよう、ほんと、気をつけなきゃ」

訊きづらいが、相手が七子さんなので、訊いてしまう。

「ダンナさん、次はどうするんですか?」

「今、探し中。というか、正しくは、これから。今はちょっと休んでる。休ませたの、わたしが。一ヵ月は休みなよって。で、気分を変えて動きだそうって」

自分の経験も踏まえて言う。

「それがいいかもしれませんね」

「会社やめなよって言ったのもわたしなの。ダンナ、ほんとにツラそうだったから。もう、見ててわかるくらいに。わたしが言わなきゃつぶれるまでがんばっちゃうなと思ってさ。強く出るタイプじゃないから、いいようにつけこまれたのかも」

「わかります。なんて簡単に言っちゃいけないけど、ちょっとわかります。会社って、強く出た者勝ちみたいなとこもありますからね。というか、社会がそうなんですかね。広いとこで派手に強く出すぎるとやられちゃうけど、狭いとこで地味に強く出るといい目を見られたりする」

「誰でもこうなることがあるとわかってはいたつもりだけど。やっぱり自分たちがそうなるとは思ってなかった。今ウチは相当ヤバい。ダンナがピンチなら、わたしががんばらなきゃね。幸い、ウチはもう上が五年生でしっかりしてくれてるし。下はまだ二年生で甘えん坊だけど」

何度か話を聞いたことがある。上が水瀬《みなせ》ちゃんで、下が涼河《りょうが》くんだ。どちらも川に囲まれたこの平井で生まれたから、水絡みの名前にした。ダンナさんがつけたという。

「サラリーマン家庭は、こうなると、ほんと、ツラいわ。でも大下ムネタケ氏にはもうひと踏んばりしてほしい。苦境を乗り越えてほしい」

「ムネタケさん、なんですか」

「そう。宗教の宗に威圧感の威で、宗威。何だか勇ましい名前だけど、本人はちっとも勇ましくない。威圧感、ないない。まあ、そこがよくて結婚したんだけど。って、何言わすのよ、井川くん」

「言わせてないですよ」

それを聞いて、七子さんが笑う。

笑っていいのか、と思いつつ、僕も笑う。今ここでこんなふうに笑っている七子さんを宗威さんに見せてあげたい。宗威さんがそれを喜べるダンナさんだったらいい。

そして自動ドアが開き、店にお客さんが入ってくる。二十代後半ぐらいの女性客だ。

凪の時間、終了。

七子さんと僕が同時に言う。

「いらっしゃいませ」

女性客は店内をひとまわりし、ハムとチーズとレタスのサンドウィッチと一人用サイズのロールケーキを手にレジへとやってきた。七子さんのほうではなく、僕のほうへだ。

あらためていらっしゃいませを言い、素早くバーコード入力をすませる。

「四百二十七円です」

五百円玉を受けとり、お釣りを渡す。

「七十三円のお返しです。ありがとうございました」

女性客はサンドウィッチとロールケーキを入れたレジ袋を持って立ち去、らない。

カウンター越しに僕の顔をじっと見る。

何かまちがえたかと思い、はい？　という感じに僕も見る。

女性客が言う。

「筧ハイツの人ですよね？」

「え？」

「中条さんに聞きました。隣の人がここで働いてるって」

「あぁ。中条さん」

深夜にごみ集積所で出くわした中条さんだ。書評家を志しているという。

「言われてみれば見たことあるな、と思いました。お顔。わかります？　わたしも筧ハイツですよ。中条さんとは反対の隣。一〇一号室」

「そうでしたか」

正直、言われてもわからない。一〇一号室は女性だろうと、何となく思っていただけだ。

「初めまして」

「どうも。初めまして」

「遅いですけどね。わたし、入居してもう二年経ってるし」

「僕はもっとです」

「隣に住んでても、知らないもんですね。まあ、アパートなんてそれが普通ですけど。知られたら知られたでちょっとこわいし」

「そうですね」

「聞いたからには、声をかけちゃいました。知らんぷりするのもいやだから。このロールケーキが好きなんで、たまに買いに来るんですよ。だからこれからも来ます」

「ありがとうございます」

「アパートでも会っちゃうかもしれません。例えばごみ置場とかで。中条さんと同じ。朝が遅いから、わたしも深夜にごみを出しちゃったりするので」

「あぁ」

「違反ですけどね。出してても、見なかったことにしてください」

「僕もそれでお願いします」

「では」

「ありがとうございました」

女性客が出ていく。

自動ドアが閉まるのを待って、七子さんが言う。

「何、知り合い？」

「ではないです」

「アパートが同じなの？」

「らしいです」

「きれいな人。フェロモンがすごい。あんな人が隣にいたらヤバいじゃない」

「ヤバくはないですよ」

「井川くんがヤバい人だと思われないようにしなきゃ。洗濯物とか盗っちゃダメだよ」

「盗りませんよ」

「あんな人が外には干さないか。一階だもんね。干したらそれこそヤバい。盗られちゃう。そうなったら、井川くん、疑われるんじゃない？　隣だから盗ろうと思えば盗れるってことで」

「疑われたら、家宅捜索でも何でもしてもらいますよ」

「そしたら実際に女性ものの下着とか出てきちゃったりして」

「何でですか」

「刑事ドラマでよくあるじゃない。捜索する側が麻薬とか見つけたふりをするの。で、捕まえちゃう。はめちゃう」

「はめる価値があるほどの重要人物じゃないですよ、僕は」

「甘い甘い。価値がないからこそ選ばれて、犯人に仕立てあげられて、切り捨てられんのよ」

「ひどいな。価値がないって言っちゃいましたよ」

「そういうの、何て言うんだっけ。えーと、スケープゴート！」

「七子さん、ほんとに刑事ドラマが好きですよね」

「最近はそんなに見られないのよ。フルで働くようになっちゃったから」

「録画すればいいじゃないですか」

「してる。でも見る時間がないからたまる一方なの。それをダンナが見てる。今は休暇中だから。あ、中華まん、補充しとく？　まだ早いか」

「いや、しときましょう。やりますよ」

「いいよ。わたしやる」

七子さんはさっそく補充作業にかかる。この人は、しゃべりたい人でもあるが、動きたい人でもあるのだ。

「ねぇ、井川くん」

「はい」

「いやなこと言っちゃってごめんね」

「何ですか？」

「価値がなくなんかない。井川くんには、価値があるからね。井川くんにもわたしのダンナにも、ちゃんと価値はある」

そう言って、七子さんは笑う。真顔から笑顔へ、ゆっくりと移行する感じで。

「あぁ。何だ。本気で言ってるのかと思いましたよ」

「本気では言ってるわよ。顔が笑ってるだけ。顔ぐらいはせめて笑ってないとね。だって、ほら、わたしの価値はそこだから」

ちょっと不意を突かれる。その言葉は、結構響く。

大下七子さん。実は思慮深い人なのかもしれない。

10

戸田家に留守番として呼ばれることはなくなった。

でも呼ばれること自体はなくならなかった。来なよ、と言われた。戸田さんだけでなく、朱奈ちゃんや風斗くんにも言われた。断っていいからね、と言っていた藍奈さんに言われることもあった。

断る理由がなければ、お呼ばれした。たいていの場合、断る理由はなかった。一階の部屋にいるのに二階の部屋には行けない理由。そんなものはないのだ。

呼ばれたところで、特に何をするわけでもない。お茶を飲み、話をする。その程度。

あとは、朱奈ちゃんとＤＶＤを観たり、風斗くんと金色のミニカーで遊んだり。

でもそれによって、今どきの子ども向けアニメがしっかりつくられていることを知った。今どきのミニカーがこれまたしっかりつくられていることも知った。アニメはおもしろいし、ミニカーはカッコいいのだ。どちらも決して子どもだましではない。今どきの子どもは、だまされない。

そして今日は、何と、お昼に呼ばれた。

「カンちゃん、ウチでメシ食おう」

「え？」

「いつもはファミレスで食うんだけどさ、たまには家で食おうと思って。おれは何もつくれないから、宅配ピザね。もちろん、金はおれが出すよ。前にベビーシッターをさせちゃったお詫び、というかお礼」

「いいですよ。いつもお茶を飲ませてもらってますし」

「お茶だけじゃん。たまにはメシも食おう」

「じゃあ、僕もお金を出しますよ」

「いいって。出させたらママに怒られる。一度カンちゃんにおごるようにって、指令が出てっから」

午前中、一階に下りてきた戸田さんにそう言われた。

では、まあ、お邪魔します、と返した。

それで戸田さんは引き揚げていったのだが、そのあとでふと思いついた。そして今度は僕自身が部屋を出て階段を上り、二〇二号室を訪ねた。

ウィンウォーン、とインタホンのチャイムを鳴らし、コンコンとドアをノックした。

戸田さんはすぐに出てきた。

「どうした？」

「もしよかったら、ウチにたこ焼き器がありますけど」

「ん？」

「たこ焼き専用の電気プレート」

「あぁ。丸い穴がぽこぽこあいてるやつ？」

「そうです。ピザは結構お金かかっちゃうんで、それ、やります？」

「たこ焼きをつくるってこと？」

「はい。朱奈ちゃんと風斗くんも喜ぶかなって」

「あぁ」戸田さんは部屋のなかに向かって言った。「朱奈、風斗。たこ焼き食べたい？」

「食べたい」と二人の声がそろった。

「じゃあ、ウチでつくるか」

「つくれるの？」と朱奈ちゃん。

「つくれる、よね？　カンちゃん」

「つくれます。簡単です。朱奈ちゃんもつくれるよ」

「じゃあ、つくる」

「ぼくも」と風斗くん。

戸田さんが僕に言う。

「ほかには何が必要？」

「たこ焼きをひっくり返すピックとか油ひきとか粉つぎとか、そういうのはあるんで、あとは油と材料があれば」

「油と材料。了解」

「たこ焼き器、もうつかわないからあげますよ」

「マジで？」

「はい。捨てるに捨てられなくて困ってたんですよね。引きとってもらえるなら、むしろありがたいです」

「そういうことならこっちもありがたいけど。ピザおごるはずが、またこっちがもらうことになってんじゃん」

「材料費でチャラですよ」

「チャラじゃダメだよ。こっちが上乗せしねえと」

「材料費で充分上乗せになりますよ」

「ママにも言っとくわ。ちょっとでも早く来れたら来い、たこ焼きが君を待ってるって。材料はおれが調べて買ってくるよ。朱奈と風斗と車で行ってくる。ネットで調べりゃわかるよね？」

「わかると思います」

ということで、たこ焼き器を二階に運び、一度別れての午後一時。

戸田さんの車が外に駐まり、親子のこんな声が聞こえてきた。

「風斗、カンちゃんの部屋のドア、コンコンてして」と戸田さん。

「する」と風斗くん。

「風斗、そっちじゃない。こっち」と朱奈ちゃん。

そしてコンコンではなく、空手チョップのような感じで、トントン。

また風斗くんをはね飛ばさないよう慎重にドアを開けて、言う。

「こんにちは」

「カンちゃん、タコパ」と風斗くん。

「来て」と朱奈ちゃん。

「行ってきたわ」と戸田さん。「いろいろ買ってきた」

三人に続き、僕は三たび階段を上って二〇二号室に向かう。そして今度はなかに入る。

サラダ油、たこ焼き粉、卵、茹でだこ、天かす、青のり、かつお節。戸田さんは必要なものをすべてそろえていた。

「ソースとマヨネーズはあるし、一応、竹串も買ってきた」

これでたこ焼き器が故障してたら最悪だな、と思ったが、そんなことはなかった。そこはシンプルな専用器。きちんと動いてくれた。

初めは経験者の僕が焼いた。

ボウルに入れたたこ焼き粉と卵と水を泡立て器で混ぜ合わせる↓熱くしたたこ焼き器にサラダ油を塗る↓なめらかにした生地を穴に入れてたこと天かすを加える↓生地を足す↓まわりが固まるのを待ってピックで一つ一つをひっくり返す↓あとはちょこちょこ突っついて動かしながら、いい焼き色になるのを待つ。

「すげえな」と戸田さん。「カンちゃん、たこ焼き屋になれんじゃん」

「誰でもできますよ」

「手つきがプロっぽいよ。たこ焼きが踊ってるように見える」

「それっぽくやってるだけです。カッコをつけてるだけ」

なかまで火が通っているか確認すべく、一つをピックで刺し、かじってみる。だいじょうぶ。通っている。

「できました。食べましょう。熱いから気をつけて」

どちらかというと、カリカリめ。プロのたこ焼き屋さんのように、外はカリカリでなかはトロトロ、というわけにはいかない。でも。

「おいしい！」と朱奈ちゃん。

「熱い！」と風斗くん。

「うまい！」と戸田さん。「驚いた。できちゃうもんだな」

「ある程度簡単じゃないと、タコパとかできないですからね」

「そっか。ピザパとかは、確かにできないもんな。窯がねえし」

「たこ焼き屋さんが何であんなふうにトロトロにできるのか不思議ですよ。前に友だちとやったときはヤバかったですからね。トロトロにできたって一人が言うんで食べてみたら半生でした。焼けてなかっただけ。吐き出しましたよ」

「小麦粉とかって、生はヤバいんだっけ」

「消化しづらいらしいです。下手すると腹が痛くなるとか。だから素人がやるときはよく焼いたほうが」

「次やるときもそうするよ。とりあえずじゃんじゃん焼いて、じゃんじゃん食おう」

二度めからは、たこ焼きをひっくり返すのを朱奈ちゃんと風斗くんに手伝ってもらった。

風斗くんは手こずったが、朱奈ちゃんは一度でひっくり返すことに成功した。おもしろい、というのが朱奈ちゃんの感想で、丸っこい、というのが風斗くんの感想だ。

何個めかのたこ焼きを食べているときに戸田さんが言った。

「カンちゃん、ビール飲もう」

「え？　だいじょうぶですか？」

「だいじょうぶ。ママが迎えに来るから、おれはもう運転しないし」

戸田さんが冷蔵庫からビールを出してくる。三百五十ミリリットル缶を二本。ビールといっても、第三のビール。僕と同じだ。

「グラスは邪魔になるから、缶のままね」

「はい」

クシッとそれぞれにタブを開け、戸田さん主導で乾杯する。グラスのようなカチンという音はせず、ノン、という鈍い音がする。

戸田さんがゴクゴクと二口飲み、僕はゴクリと一口飲む。

「うめ〜」と戸田さんが言う。「仕事のあとのビールもうまいけど、昼からのビールもうまいよな」

「ただ、あとあと、ちょっとダルくないですか？　いろんなことが億劫になるというか」

「それはあるな。けど、長く酔いを楽しめるじゃん」

「夜だと、飲んだら寝ちゃいますもんね」

「昼でも寝ちゃうけどね」

「で、夜、寝られないんですよね」

「おれは寝られるよ。寝ようと思えばいくらでも寝られる。余裕」

ビールを飲みながらたこ焼きを食べる。戸田さんと話す合間に子どもたちとも話す。こちらから話しかける必要はない。あちらから言葉が飛んでくるから。カンちゃん、たこの本物見たことある？　とか。足はほんとに八本？　とか。

僕も戸田さんに尋ねる。

「休みだと、昼から飲みます？」

「飲まない飲まない。今日は久しぶりだよ。向こうに住んでたときは、夜もほとんど飲まなかったし。子どもたちの用で、いつ運転することになるかわかんないから」

向こう。今は藍奈さんと朱奈ちゃんと風斗くんが三人で住んでいるアパートのことだ。同じ江戸川区にある。荒川寄りではなく、江戸川寄り。千葉県に近いほうだ。

「戸田さんが向こうに行くことは、ないんですか？」

「ないね。ほら、おれは追い出された身だから。まだ許されてはいないよ」

「すいません。何か突っこんだことを」

「いいよ、別に」

戸田さんがたこ焼きを一個丸ごと口にほうり込み、ビールを飲む。ハフハフ言いながら、二口三口と飲む。あっという間に一缶が空く。

「カンちゃん、二本めは？」

「だいじょうぶです」

「空いたら自分でとって。まだあるから」

「はい」

戸田さんが冷蔵庫から一缶を出してきて、ベッドの縁に座る。クシッ。飲む。ゴクゴクと、やはり二口。

「ママがさ、あんなに傷つくとは思わなかったよ。こっぴどく怒られはすんだろうけど、ちゃんと謝ればあとはさっぱり、になると思ってたんだよな。甘かった。カンちゃんも、浮気はしないほうがいいよ」

「しませんよ。たぶん」

「そう。たぶんなんだよ。おれもするつもりはなかった。けど、しちゃうんだな。きっかけがあると、あれあれって感じでそっちへ流れちゃう。魔はさ、差すよ」

朱奈ちゃんと風斗くんをチラッと見る。

二人は窓際で漫画のような絵本を見ている。お腹がいっぱいになると、風斗くんもおとなしくなる。でんぐり返さなくなる。

「相手は、誰なんですか？」

「高校の同級生」

高校の同級生。澄穂の顔が頭に浮かぶ。

「元カノとかですか？」

「じゃない。ただのクラスメイト。同窓会で久しぶりに会って、そんでっていう。一番やっちゃいけないパターン。一番みっともないパターン」

同窓会で会ったのなら、三年のときのクラスメイトだろう。二年ではない。つまり澄穂と僕の関係と同じではない。そのことに何故か安堵する。が、その安堵を戸田さんがぶち壊す。

「クラスメイトっつっても、一緒だったのは二年のときだけ。ほら、学年でやる同窓会あんじゃん。あれに行ったのよ。誰かいっかなと思って。で、会った。カレシと別れたばっかのその子と」

「戸田さんが結婚してることは、知ってたんですか？」

「知ってた。さすがにおれも隠さないよ。隠すなら、浮気する気満々てことだし」

「満々ではなかったんですよね？」

「ないない。満々どころか、考えてもいなかったよ。その会に行くまでは。つーか、会で会って話したときもまだ」

戸田さんが答えてくれるのをいいことに、あれこれ訊いてしまう。人が浮気をする仕組みを知りたくて。

「いつからですか？　そんな感じになったのは」

「二人で飲みに行ってからかな。二次会もあったんだけど、それは行かないことにした。結構話が合ったから、いいかなと思ったんだ。いいってのはつまり、その子と話してたほうが楽しいって意味ね」

「二人で飲もうと言ったのはどっちですか？」

「あっち。これはほんと。マジでほんと」

「疑ってませんよ」

「飲みに行くぐらいはいいよなって思ったよ。こっちが結婚してんのを知ってるから、あっちもそんな気はないよなって。で、飲んで楽しく話した。そこで言われたんだ。ウチに来る？　って。言っちゃったよ。行くって。言っちゃうよな、男なら」

「どう、ですかね」

「そんときはさ、それでもまだ、何もないのもありだよなって思ってんのよ。酔ってっから、そう思えちゃうんだよな。変なつもりで行くわけじゃない、おれはまだ帰るつもりだよって。実際、おれ、ママにＬＩＮＥまでしてるしね。ちょっと友だちんとこに寄るって」

「友だち」

「まあ、友だちだよな。それ以外にはどうとも言いようがない」

なくはない。女友だち、という言い方がある。

「それで、泊まったんですか？」

「泊まった。で、次の日、家に帰ってバレた。その子から来たメッセージをママに見られて。おれが風呂に入ってるときに来ちゃったのよ」

「ロックをかけたりは」

「してるけど、ママは解除の番号を知ってんの。何かおかしいと思ってたんだろうな。おれ、確かにおかしかったし。その子のアパートで寝て、起きんじゃん。もう、一気に醒めたね。あせったよ。飲みすぎたわけじゃなくて、記憶もずっとあって。自分が何をしたかはわかってたんだけど、それでも朝になったら、うわっと思った。マジかよって。そういうあせりって、やっぱ出ちゃうんだろうな、表情とか態度とかに。ママはママで、ムチャクチャ鋭いし」

「藍奈さん、どうしたんですか？」

「怒って、泣いて、黙った。三つとも、徹底的にやったよ。最後のやつが一番キツかった。黙られるのが」

戸田さんがビールを飲む。竹串でたこ焼きを刺し、持ち上げる。が、すぐに置いてまたビールを飲む。

「何でそんなことしたのかわかんない、とかよく言うじゃん。浮気した男が。何でしたのかは、わかってんのよ。目の前にぶら下がったにんじんに食いついただけの話。そのにんじんがちっともうまくないことは、あとでわかんの」

「一度だけ、ですか？」

「一度だけ。それもほんと。だって、すぐにバレてるし」

「バレてなかったら、どうでした？」

「続きはしなかったと思うよ。あの朝のうわって感じは、マジで強烈だったし」

戸田さんは窓際の朱奈ちゃんと風斗くんを見る。

二人は絵本を見ている。風斗くんが文字を指で追いながら音読している。カニさんは横にしか、と言っている。

「ママは朱奈と風斗の母親じゃん」と戸田さんが僕に言う。「ただでさえ好きだったのに、朱奈と風斗の母親にまでなったわけじゃん」

「はい」

「だからさ、合コンで初めて会ったときより、ずっと好きになってんのよ。なのにあんなしょうもないことした。タイムマシンがあったらって思うよ。それをつかう権利を売ってくれんなら、百万でも二百万でも出すよ。そのためのローンだって組むね」

少し酔ったせいだろうか。代理出席バイトで会ったあの日に澄穂と僕が似たようなことになってもおかしくはなかったのかな、と思う。澄穂はにんじんだったのかな、と。

戸田さんは結婚していて、澄穂にはカレシがいる。状況は似ている。もしもあのとき澄穂が誘ってきたら。僕は断っただろうか。

そして。じきに午後三時、というあたりで藍奈さんがやってきた。

たこ焼き器は意外と大きな音がするので、外に車が駐まったことに気づかなかった。いきなり玄関のドアが開き、藍奈さんが言った。

「ソースの匂い！」

「おかえり」と朱奈ちゃんと風斗くんの声がまたそろう。

藍奈さんが部屋に入ってくる。

僕は立ち上がり、席を譲った。実は藍奈さんの定位置らしい、赤いクッションの席だ。

「わたし焼いてあげる」と朱奈ちゃん。

「ぼくも焼く」と風斗くん。

ビールの缶を見て、藍奈さんが言う。

「わたしもビール飲もうかな」

「ママはダメだよ」と戸田さん。

「何で？」

「だって、車」

「乗らないよ」

「え？」

「お酒飲まない人に運転してもらった。近くに住む人」

「あぁ。そうなんだ」

「わたし、もう飲んじゃってるよ」そして藍奈さんは言う。「もしかして、パパ、飲んでないよね？」

「飲んでるけど」

「は？　何してんのよ。送りの運転はパパだって言ったよね」

「言った？」

「言ったよ。わたしは送別会だからって。今日はお世話になった社員さんのランチ送別会だからって」

「それは聞いたけど。来週だと思ってた。今週?」

「今日よ、今日。先週言っといたじゃん」

「来週って言わなかった?」

「先週の来週は今週でしょうよ。今日でしょうよ」

「勘ちがいしてた。てっきり来週だと思ってた」

「どうすんのよ、どっちも飲んじゃって」

「じゃあ、しかたない。おれが乗せてくよ」

「ダメに決まってるじゃない」

「まだ二本めを飲みきってないし、このくらいなら」

「ダメ! 絶対ダメ!」と藍奈さんが声を上げる。

「大して酔ってない。だいじょうぶだよ」

「量の問題じゃない。飲んだら運転しちゃダメなの。バスで帰るからいい」

「いや、マジでだいじょうぶだって」

「朱奈と風斗を乗せるんだよ。二人にケガをさせたいの?」

「させたくはないけど。あ、じゃあ、カンちゃんに。って、飲んでるか、カンちゃんも」

「飲んでなくてもダメ。人に頼るのもダメ」

「ならやっぱおれが。スピードは出さないよ。慎重に運転すれば」

「ダメだって！」

藍奈さんのその声はもはや怒声。下の部屋にいても聞こえたはずだ。

さすがに戸田さんも黙る。

ちょっといやな空気が流れる。というか、流れない。固まった感じ。

一転、抑えた声で藍奈さんが言う。

「ねぇ。頼むから、軽く考えないでよ。お願いだから、何かやるときは、先のことを考えてよ。それをしたらどうなるか、ちゃんと考えてよ。わたしのことはいいから、せめて朱奈と風斗のことは考えてよ。二人が大きくなったときにどう思うか、そういうことまで考えてよ」

戸田さんは何も言わない。言えないように見える。

「ケンカ、ダメ」と朱奈ちゃんが言い、

「ダメ、ケンカ」と風斗くんが言う。

「何かすいません」と僕も言う。「お宅で飲んじゃって」

「いい、いい」と藍奈さん。「カンちゃんは飲んでよ」

「ママ、怒ってるの？」

朱奈ちゃんのその質問に、藍奈さんはこう答える。

「怒って、る」

「とりあえず、焼きますよ」

そう言って、僕は鉄板の穴に生地を流しこむ。そしてひとまず窓際へ退く。風斗くんのでんぐり返しゾーンだ。

「たこ焼き器、カンちゃんが持ってたの？」と藍奈さんに訊かれ、

「はい」と答える。

「くれるって」と戸田さん。

「いいの？」

「いいですよ。もうつかわないし、高いものでもないんで」

重苦しい空気のなか、焼き上がりを待つ。

朱奈ちゃんがひっくり返し、僕が仕上げる。

完成したたこ焼きを食べて、藍奈さんは無理に明るく言う。

「おいしい。わたし、やわらかいのよりこういうカリッとしたほうが好き。上手だね、朱奈」

「カンちゃんも上手だよ」と朱奈ちゃん。

「ぼくも上手」と風斗くん。

藍奈さんは、一度につくったたこ焼き計六個をすべて食べた。

そしてやはり無理に明るく言う。

「あぁ。罪悪感。送別会でランチも食べたのに。太っちゃう」

「粉もんはマズいよな」と久しぶりに戸田さん。「うまいだけにマズい」

「カンちゃんは、何でこんなの持ってたの？　たこ焼き器」

「前に友だちとよくやってたんですよ、タコパ」

「ここに集まって？」

「というか、大学のころは、みんなこのアパートに住んでたんで。だから結構やりましたよ。ほかにも、焼肉とか、流しそうめんとか」

「流しそうめん？　外でやるの？」

「いえ、部屋で。専用のがあるんですよ。流しそうめん器。ホームセンターとかに売ってます。おもちゃに近い感じですけどね。でも、ちゃんと流れますよ」とそこで思いつき、言う。「そうだ。それもあげますよ。たこ焼き器と一緒に」

「いや、でも」

「今は冬だからあれですけど、来年の夏にでもつかってください」

「流しそうめんだって。どうする？」と藍奈さんが子どもたちに言う。

「やる」

「やる」

「風斗、わかって言ってる？」

「わかってない」

「でもやる？」

「やる」

「じゃあ、もらってもいい？」と藍奈さんが今度は僕に言う。

「どうぞどうぞ。持ってきますよ」

「いいよ。わたしが取りに行く。で、車に載せちゃう」

「あ、そうですね。じゃあ、えーと、行きます？」

「うん」

藍奈さんが立ち上がり、僕も立ち上がる。

サンダルを履いて部屋を出る。そして階段を下り、一〇二号室へ。

藍奈さんを外で待たせるのも何なので、言う。

「なかへどうぞ。一応、説明しておきますよ」

藍奈さんがなかに上がる。

母以外の女性がこの部屋に入るのは、大学時代の有沙以来。それがまさか戸田藍奈さんとは。人妻とは。

「片づいてるね。上とは大ちがい」

「物が少ないだけですよ」

物入れから箱を出し、そこから流しそうめん器を取りだす。

「すごい！　ウォータースライダーじゃん。流れるプールみたいなものかと思ってた」

「流れるプールが本体ですよ。これだけでもつかえます。で、こっちのスライダー部分をこう付けて、完成です。コンセントが近くになくてもだいじょうぶ。電池式だから楽ですよ」

「ほんとにいいの？　こんなのもらっちゃって」

「いいですよ。さすがに一人ではやらないので」

「カノジョとやればいいじゃない」

「カノジョはいませんよ」

「もしできたらさ」

「カノジョと二人で、これ、やります？」

そこへ上から足音が聞こえてくる。ドン、ドン、ドン！　これは子どもたちではない。戸田さんだ。次いで、微かに、ジャー。流しで水をつかったのだと思う。

「みっともないとこ見せちゃった。ごめんね」と藍奈さんが言う。

「いいえ。僕も、すいませんでした。のんきにビールなんか飲んじゃって」

「パパに聞いてるよね？　ウチのこと」

「何となくは」

「一緒にいると今みたいになっちゃうから、別居したの。まさか人前でもケンカするとは思わなかった」

僕らは向かい合っている。ともに床にひざをついて。流しそうめん器を挟んで。

初めて藍奈さんを真正面から見たような気がする。朱奈ちゃんと風斗くんのママとしてでなく。一人の女性として。というか、人として。

「わたし、カンちゃんみたいな人と結婚すればよかったな」

「いや、それは」

「って、こんなふうに始まるのかもね」

「え？」

「浮気」

「あぁ」

「そっちがその気なら自分もっていう感じに、どっちかが誘う。で、始まっちゃう。先のことは、考えない」

「そう、なんですかね」

「知らないけど。知りたくもないけど」

流しそうめん器のスライダー部分を本体から外す。

「まあ、こんなです」と言い、箱に戻す。「車の後ろに載せられますよね？」

「助手席に置く。後ろは子どもたちだから」

「じゃあ、運びます」

「わたしがやるよ」

「いいですよ」

箱を持ち、外に出て、車に載せる。スズキのワゴンR。色はリフレクティブオレンジメタリック。何度か聞くうちに覚えてしまった。

シートベルトで箱を固定しながら、藍奈さんが言う。

「車、いつも勝手に駐めちゃってるんだけど、怒られないかな」

「だいじょうぶだと思いますよ」

寛容な大家さんがそれで怒るとは思えない。

「こないだパパが大家さんに言いはしたみたいだけど。たまに嫁が来るんですいませんて」

「だったらだいじょうぶですよ」

「でも、ほら、結構来るし」

「そもそも空いてるわけだから、誰も困りませんよ」

「カンちゃんは車持たないの？」

「買えないですよ。買えても買わないです」

「一人だと必要ないか」

「子どもがいると、やっぱり必要ですか」

「うん。ほんとはもっと歩かせたいんだけどね。小さいうちからどこへ行くのも車っていうのは本人たちにもよくないだろうし。と言いつつ、結局はわたし自身が楽だからそうしちゃう。二人を連れて歩くのは大変だから。ショッピングモールとかにいるあいだはいいけど、外に出るとこわい。風斗がいつ道路に飛び出すんじゃないかって、ひやひやする」

「風斗くんなら、外でもでんぐり返しをしそうですもんね」

「それ、した」

「え？」

「一度、歩道でやったことがある。背中打って、泣いてんの。そのときはさすがに、あんたバカなの？　って言っちゃったわよ。わたしがいないところでやられてケガされたらかなわないから、かなり強く叱った」と言いながらも、藍奈さんは笑う。

思いだし笑いだ。

想像できる。風斗くんが歩道を歩いている。いきなりでんぐり返しをする。背中を打つ。泣く。

箱の固定も無事完了。藍奈さんが助手席のドアをバタンと閉める。

二人、階段を上って二〇二号室へ。

僕らが部屋に戻った途端、窓際で風斗くんがでんぐり返しをする。

ドタン！　今の音は大きい。下で寝ていたら、まちがいなく起きてしまう。

騒音の件は、そのうち言うつもりでいた。そのうち言うのだから我慢もできる。知り合いになったのだからいつでも言える。そんなふうに考えていた。が。知り合いになったらなったで言いにくい。なればなるほど言いにくい。

たこ焼き器と流しそうめん器はあげますよ。その代わり、静かにしてください。

言えない。ただ言えないだけでなく。言いたくないとも、少し思うようになっている。

階上カルテット、恐るべし。

「ママ、まだ怒ってるの？」

朱奈ちゃんのその質問に、藍奈さんはこう答える。

「怒って、ない」

11

コーヒーは自分の部屋でも飲める。実際、飲む。インスタントだが、マズくはない。日々飲んでいれば慣れてしまう。第三のビールと同じだ。

でもたまには、マズくはないものでなく、おいしいものを飲みたくなる。だから外でコーヒーを飲む。喫茶『羽鳥』に行くことが多い。

店は筧ハイツから歩いて五分の場所にある。二階建ての一軒家の一階を店舗にしたような造り。木の床に木のテーブルがゆったり並べられている。

コーヒーは厚みのある白いカップで出てくる。コーヒーを頼むだけでおしぼりも出てくる。微かにミントの匂いがするおしぼりだ。

今日は平日休み。今は午後三時。空いている。具体的に言うと、店内には僕一人。贅沢だ。

いつものように、壁際の棚に置かれた新聞を読む。一面から順に、ゆっくりと。隅々までは読まないが、どの記事も見出しには目を通す。ネットのニュースだと情報量が充分ではないので、そこを補完する。

スポーツ欄を読み終えたところで、音が流れていることに気づいた。音楽ではない。ラジオの音でもない。テレビの音。しかもかなり大きい。テレビだとわかったのは、番組がドラマだからだ。俳優がセリフをしゃべっている。

聞いているうちに、それが沢口靖子《さわぐちやすこ》のものだとわかった。刑事ドラマ。大下七子さんが好きな類。

普段、テレビドラマは見ない。沢口靖子が好きなわけでもない。父はかなり好きだったが、僕は世代がちがう。なのにそれが沢口靖子のドラマだと音だけでわかるのは、不思議といえば不思議だ。

と、そんなことを考えていたら、テレビの音はそのままに、壁の向こうのカウンターから店主のおばあちゃんがやってきた。

「はい、これ」と何かをテーブルに置く。

見れば、ピーナッツだ。それが入った手のひらサイズの小袋。

「いいんですか?」

「どうぞ」

おばあちゃんはステンレスのポットからグラスに水を注いで言う。

「お兄さんはよく来てくれるね。この辺の人?」

「はい。といっても、この辺の出身ではないですけど」

「テレビの音、うるさくない？」

「だいじょうぶです」

「うるさかったら言ってね。消すから。ご覧のとおり暇だからさ、つい見ちゃうんだよね」

「ドラマですか？」

「うん」

「沢口靖子、ですよね？　出てるの」

「そういえばそうだ。よくわかったね」

「何となく、声で」

「沢口靖子って、もう長いよねぇ。ミオツクシのころからだから。この店より長いかも」

「このお店はいつからなんですか？」

「そろそろ四十年になるかねぇ」

「そんなに。でもきれいですよね？」

「一度改装したからね。そのときにやめようかって話もあったんだけど、続けたの。息子もよそに出てたから、家を広くしてもしかたないし。店の看板を出しとけば表札代わりにもなるからね、郵便屋さんもまちがえないでしょ」

「ということは、ご名字がお店の名前なんですか」

「そう。羽鳥」

「お一人でやられてるんですか?」

「今はね。一人でやれないほどは混まないし。これでも昔は混んでたのよ。近所の人たちが来てくれて。もともとはウチの人がやってたの。わたしもたまに手伝ったりして。で、ウチの人が亡くなったときも閉めようかと思ったんだけど、改装したのにもったいないとも思っちゃって」

聞けば。この羽鳥さん、おばあちゃん自身は菊子《きくこ》さん、ダンナさんは憲吉《けんきち》さんだという。

「いつ亡くなられたんですか? 憲吉さん」

「八年前」

だとすると。僕はもう平井に住んでいた。が、そのころはまだ店に来ることはなかった。大学生のころはこの手の店に目が向かなかったのだ。

「背が高くてカッコいい人だったよ。ジャズなんかが好きでさ」

「ジャズ。このお店でかけたりもしてたんですか?」

「大っぴらにかけたりはしなかったね。そういうのを売りにすると客層を狭めちゃうからって。ほら、逆に近所の人を遠ざけちゃうでしょ? だから、小さい音で流すくらいにしてた」

　小さな音で流していたジャズが、時を経て、大きな音で流す沢口靖子に変わる。悪くない変化だと思う。今のこの店に沢口靖子。妙にしっくりくる。

「お客さんは、独り者?」

「はい。ワンルームのアパートに住んでます」

「名前、訊いてもいい?」

「井川幹太です」

「カンタ。カッコいいね」

「あんまり言われないです」

「カッコいいよ。時代劇でも通用する。カンタとかカンスケとか」

「それはたまに言われます。時代劇っぽいとは」

「カンタはどういう字?」

「新幹線の幹に太いです」

「へぇ。いい名前だよ。お父さんがつけた?」

「たぶん」

「幹が太い木みたいに立派に育ちますようにってことで、つけたんだろうね」

「どうなんでしょう」

言われてみれば。理由までは知らない。太がつく名前にしたかったと母親が言っていたのを聞いたことがあるだけだ。

「おしゃべりしちゃって、悪いね」

「いえ」

「歳をとると、どうもいけないよ。若い人としゃべるのが楽しくてさ。じゃあ、ピーナッツ食べて。今いらなかったら、持って帰ってくれてもいいから」

「ありがとうございます」

「ごゆっくり」

菊子さんはカウンターへと戻っていった。

テレビの音がCMに変わる。それに伴い、チャンネルも換わる。何度か換わり、最後には沢口靖子に戻る。

おしぼりで手を拭き、袋を開けてピーナッツを食べた。シンプルなバターピーナッツ。うまい。

新聞を最後のテレビ欄まで読み終えると、ふと思いつき、ミオツクシをスマホで検索してみた。

『澪つくし』。NHKの朝ドラであることがわかった。大正末期から昭和にかけての話らしい。放送は一九八五年。最高視聴率は五十五・三パーセント、平均でも四十四・三パーセントだという。国民の二人に一人が見ていたわけだ。朝の忙しい時間に。

　その流れで、沢口靖子が五十三歳であることもわかった。五十三歳。母と同じだ。何故か母と沢口靖子が話している場面を想像する。二人は友人同士で、場所はこの喫茶『羽鳥』。

「夫が浮気しちゃったのよ」と母が言う。

「あら、そうなの」と沢口靖子はあっさり返す。

「別れたほうがいいのかな。どう思う？」

「子どものことを一番に考えるべきじゃないかしら。幹太くんは今、何年生だった？」

「高一」

「じゃあ、たいていのことは理解できるわね。幹太くん自身がどう思うか、はっきり訊いてみたらいいんじゃない？」

　母ははっきりとは訊かなかった。父と別れることを決め、その事実を僕に告げた。僕は反対しなかった。それが妥当だと思った。実際に訊かれていたら、そう言っていたのか。

　ピーナッツを食べて、コーヒーを飲む。水も飲む。

　そして席を立ち、新聞を棚に戻して、カウンターへ。

「ごちそうさまでした」と菊子さんに言う。

「はい、どうも」

「ピーナッツ、頂きました」

「あ、そう。変な取り合わせで悪いわね」

「いえ、おいしかったです。久しぶりに食べました」

「ならよかった」

コーヒーは四百円。わかっているので、五百円玉を差しだす。

菊子さんはそれを受けとり、百円玉を渡してくれる。

「このお店、沢口靖子より長いですよ」と言う。

「ん？」

「『澪つくし』が三十三年前で、デビューが三十四年前らしいです。だから、このお店のほうが長いかと」

「何でわかったの？」

「スマホで調べました」

「すごいねぇ。そんなことまですぐにわかっちゃうんだ」

「すいません。何か余計なことを」

「いえいえ。ご親切にありがとう。また来てよ」

「はい。散歩がてら、また来ます」

そう言って、店を出る。

今日は旧中川の河川敷を散歩してからここに来た。二時間近く座っていたので、また少し体がなまったようにも感じる。

今度は荒川の河川敷を歩こうか。

と思っていたら、高校の角のところで郡くんと出くわした。筧ハイツの隣の隣に住む郡くんだ。

そういえば、下校時刻。郡くんは校門から出てきたらしい。女子生徒も一緒にいる。

「井川さん」と先に言われる。

「郡くん。今、帰り?」

「はい。井川さんは、休みですか?」

「うん。散歩して、コーヒーを飲んできた」

「もしかして、『羽鳥』でですか?」

「そう。知ってる?」

「知ってますよ。近くだし。小学生のころは親に連れられて行ってました。かき氷とかケーキとか、よく食べましたよ」そして郡くんは女子生徒に僕を紹介する。「近くのアパートの人」

女子生徒が僕に言う。

「こんにちは」

「どうも」

郡くん、女子と一緒に帰るのか、と感心する。

荒川に出るにしても方角は同じなので、しばし並んで歩く。

「それにしても近いよね、家」と郡くんに言う。

「近いですね。寄道のしようがないですよ。井川さんの店に行くにしてもまわり道です」

「うらやましいよ。おれは高校まで自転車で十五分かかってた」

「自転車の十五分は長いですね。雨の日は大変だし」

「そう。傘はあぶないからカッパ。郡くんは、ここまで近いと、雨も関係ない？」

「そうですね。よほどの降りでなければ傘も差さないです」

そして角を曲がり、川沿いの道路に出る。

郡くんが言う。

「井川さん、時間あります？」

「なくはないけど」

「ビール飲みましょうよ」

「え？」

「ビール。缶ビール」

「いや、マズいでしょ。高校生でビールは」

「あ、ちがいます。僕は飲まないです。井川さんに飲んでほしいんですよ。父親がお中元にもらったやつが何本か余ってて。隣の筧さんにあげようかと思ったんですけど。筧さん、お酒飲まないんで」

「あぁ。そうなの」

「だからって、捨てちゃうのはもったいないし。飲めるなら僕が飲んじゃってもいいんですけど、味がきらいなんですよね。あの苦みがどうも」

「飲んだことはあるんだ？」

「それも小学生のころです。どんな味がするのか、父親に一口飲ませてもらったりするじゃないですか。あれです」

確かに、小学生のころ、父に飲ませてもらったことがある。苦いだけ。マズかった。人が口に入れる食べものや飲みもので、うまくないものはあってもマズいものはないと思っていた。ビールはマズかった。父が毎日のようにそれを飲む意味がわからなかった。

「そのビールの賞味期限が切れそうなんですよ。前々から、井川さんに飲んでもらおうと思ってたんですよね。でもわざわざ持っていくのもちょっとなぁ、とも思って。そしたらちょうど会えたんで。どうですか？」

「そういうことなら、まあ」

「せっかくだからウチでどうぞ。ポテチとかチーズとか、つまみになりそうなものもあるんで」

「それはさすがに」

「いやですか？」

「いやではないけど」

「じゃあ、ぜひ。僕も暇なんで」

ということで、筧ハイツに戻ることもなく、僕はその隣の隣、郡家を訪ねた。

驚いたことに、女子生徒も一緒に来た。

てっきり近くに住んでいる子なのだと思っていた。中学も同じだったとかそんなような子で、そこまでは一緒に帰るのだろうと。

だからつい言ってしまった。

「えっ？　三人？」

「はい」と郡くん。「同じ二年です。クラスはちがうけど」

棚橋《たなはし》ちよりさん、だという。

「えーと、カノジョなの？」

「どう？」と郡くんがちよりさん本人に尋ねる。

「カノジョではないです」

「一緒に勉強しようと思って」と郡くんが説明する。

「だったら、おれは邪魔でしょ」

「だいじょうぶです。そうは言っても勉強なんかしないんで。人には一応、勉強するって言うんですよ。こないだ、筧さんにも言いました。こうやって家に入るときに会ったんで。訊かれてもいないのに言っちゃいましたよ。一緒に勉強しますって」

「大家さんは、何と？」

「がんばってねと。ちょっと罪悪感を覚えました。ほんとに勉強しようかと思いましたよ」

郡家はごく普通の二階建てだ。近隣のほかの一戸建て同様、庭はない。空の車庫があるだけ。

居間に入り、どうぞと言われてソファに座る。艶やかな革張りのソファだ。家そのものは決して大きくないが、食器棚やサイドボードなどの家具はどれも高そうに見える。

郡くんがテーブルにグラスを置き、ビールを注ぐ。第三のビールではない。ビールを名乗れるビールだ。ちょっと高いプレミアムもの。

缶のタブを開けるところから注ぐところまですべてやってくれるので、手の出しようがない。ポテトチップスの袋も開けられ、中身が白い皿に出される。

僕はビールだが、郡くんとちよりさんは紅茶。やはり白いカップに入れられている。同じく白いソーサー付き。紅茶用だから、喫茶『羽鳥』のコーヒーカップのような厚みはない。

L字に配置されたソファの横棒に僕、縦棒に郡くんとちよりさん。制服姿の高校生男女を前に、一人でビール。さすがに飲みづらい。

でも高校生にその感覚はないらしく、郡くんがあっさり言う。

「飲んでくださいよ」

「じゃあ、いただきます」

飲む。プレミアムもの。気まずいが、うまい。

「井川さんは、お酒、よく飲むんですか？」

「よくは飲まないかな。自分の部屋では飲まないよ」

直近で飲んだのは、真上、二〇二号室でだ。

「あのさ、ほんとにお邪魔しちゃってよかったの？」

「いいですよ。別にすることもないし。期末テストも終わったんで、今は楽。だから勉強、するわけないんですよ」

「するわけないね。おれもそんなときはしなかった」

ちよりさんがそれを聞いて少し笑う。

ほっとした。歓迎されてないと思っていたのだ。

「でも期末テストが終わってるなら、帰り、遅くない？」

「珍しく部活に出たんですよ。いつもはサボるんですけど、今日は今年最後だから来いって部長に言われたんで」

「もう最後なの？」

「ですね。そもそも毎日はやってないですし」

「その毎日はやってないなかでも、サボるんだ？」

「サボります。ちよりも同じですよ。棋道部」

そうなのです、という感じにちよりさんがうなずく。黒髪で色白。言われてみれば、棋道部員ぽく見える。

その質問もどうなんだ、と思いつつ、訊く。

「ちよりさんもいつもサボるの？」

「はい。サボります」

ほぼサボれる部活。何それ、と思う一方で、ちょっとうらやましい気もする。そんな部があれば、僕も入ったかもしれない。

「ちよりの場合はサボりっていうのでもなくて。バイトがあるからそんなには出られないんですよ。井川さんと同じ。コンビニです。店はちがいますけど」

「コンビニ、なんですか？」とちよりさんに訊かれ、

「うん。通り沿いの店」と答える。

「あぁ。あそこ」

「高校は、バイトオーケーなんだ？」

「許可はとってます」と郡くん。「事情があれば認めてもらえるんで」

「店はこの近く？」

「ではないです」とちよりさん。「学校からも家からも離れてます。どっちの近くもいやなので」

コンビニバイトあるあるのようなことをちよりさんと話してもよかった。が、それはしなかった。僕自身が避けた。高校生が学業の合間にやっている仕事を自分がフルでやっていることへの気後れのようなものがあったのだ。

ビールをゆっくり飲んで室内を見まわし、それとなく話題をかえる。

「郡くんは、昔からずっとここに住んでるの？」

「はい。ここ生まれですよ」

「大家さんも、昔からお隣さん？」

「そうですね。筧と郡。番地が一つちがいなうえにどっちも一文字名字なんで、よく郵便物をまちがえて入れられますよ」

「一戸建てなのに？」

「はい。しかもウチ、父親がトキロウで、母親が章恵なんですよ」

「ん？」

「母親は前に言った章恵で、父親は時間の時に郎で時郎。筧さんは満郎さんと鈴恵さんだから、郎も恵もかぶってるんですよ」

「あぁ。字面が似ちゃうのか」

「はい。郵便屋さん泣かせですよ」

「まちがえられたときはどうするの？」

「お互いに入れ合います。前に一度、筧さん宛の速達をウチに入れられたことがあって。さすがにそのときは僕が直接渡しに行きましたよ。速達で～すって」

「言ったんだ？」

「言いました。配達員気分で」

ポテチを食べ、ビールの一杯めを飲み干す。代理出席バイトのときにやるように手酌で二杯めを注ぐ。

「お父さんとお母さんは、今、北海道なんだよね？」

「そうですね。今年の四月から」

　郡くんは父親の勤務先の社名を挙げる。何の会社？　と訊くまでもない。航空会社だ。

「もしかして、パイロット？」

「ではないです。事務的なほうじゃないですかね」

「だとしても、すごいよ。就職人気企業のトップテンだ」

「父親、東大ですからね」とこともなげに言い、郡くんは紅茶を飲む。「高校で転校させるのはキツいと思ってくれたみたいで。よかったですよ。僕も寒いのはいやだし」

「だとしても、思いきったよね。普通なら、お母さんはこっちに残るでしょ」

「父親は単身赴任するつもりでいたんですよ。でも母親がわたしも行きたいって。北海道に一度住んでみたかったらしいんですよね。僕も二人に言いましたよ。もう高校生だから一人でだいじょうぶだって」

「学校は何も言わないの？　一人で住むことについて」

「言わないです。というか、こっちが伝えてないだけかもしれないけど。問題はないですよ。母親も、三者面談のときなんかは飛行機で帰ってきますから。社員の家族なんで、一応、割引もありますし」

「帰ってきたら、何日かは泊まる?」

「そういうときは一日ですね。家の掃除なんかを速攻でやって帰っていきますよ」

「高校生で一人暮らし。郡くん自身はどうなの?」

「気楽でいいですよ。寝坊で遅刻するのがちょっとこわいけど」

「朝ご飯、食べてる?」

「食パン一枚ですね。いや、二枚だ」

「おぉ。さすが十代。食べるね」

「一日一枚だと、パン自体の消費期限が過ぎちゃうんですよ。かといって、ハーフサイズのやつは割高だし」

「食パンは、焼く?」

「焼かないです。バターもマーガリンもなしですよ。一人だとつかいきれないんで、買ってないです。今の食パンはうまいから、焼かなくても充分いけますよ」

「わかる」

パン派。意外なところに同志がいた。それが歳下というのは、何かうれしい。

郡くんが立ち上がって台所へ行き、缶ビールを手に戻ってくる。

「まだあるから、じゃんじゃん飲んでくださいよ。飲まなかった分は、帰るときに持っていってください」

「正月にお父さんが帰ってきて飲むんじゃないの？」

「賞味期限が十二月までなんですよ。過ぎてもだいじょうぶでしょうけど、期限切れのビールを飲む父親っていうのも、何かあれなんで」

それもわかる。期限切れのビールを飲む父親というのは、確かに、何かあれだ。息子として正しい感覚だと思う。

「じゃあ、もらってはいくけど。お金は払うよ」

「いいですよ。期限が近いものだし。補導されちゃいますよ、高校生がそんな商売したら」

「補導はされないでしょ」

笑いつつ、ビールを飲む。二本めに移ってしまう。

そしてサイドボードの上にあるものに目を留める。

「あ、やっぱり将棋盤はあるんだね」

「一応、棋道部なんで。指しましょうか」

「いやいや。相手にならないよ」

「なりますよ。僕は全然強くないんで」

「でも棋道部員でしょ。おれは、最後にやったのは中学生のときだよ」

何故か父とやったのだ。仲がよかったわけでもないのに。確か、父が市役所の窓口で殴られたころ。接戦だった。ギリで僕が勝ったはずだ。父がそう仕向けたのかもしれない。

「指し方は覚えてますよね？」

「まあ」

「じゃ、やりましょう」

郡くんが将棋盤と駒の箱を取り、テーブルに置く。将棋盤は二つ折りだが、木製は木製。板の厚みもそれなりにある。

「井川さんはここに座ってください」

言われるまま、郡くんが座っていた位置に移る。ちよりさんの隣だ。キャバクラみたいだな、と思う。行ったことはないのに。

郡くんはソファの背もたれ用クッションを床に敷き、僕の向かいに座る。そして箱に入った駒をバラバラと盤上に広げる。

二人、それぞれにティッシュを箱から抜き取って指先を拭い、その駒を並べる。

「先手、どうぞ」と郡くん。

「では」と僕。

いざ対局。

いつもそうしていたことを思いだし、飛車の前の歩を一つ進める。木の盤と木の駒。パチン、とそれなりにいい音が鳴る。

もちろん、完敗するだろうと思っていた。十分持たないだろうと予想していた。

そうでもなかった。

まず、十分は持った。

そして、十五分ほどで勝ってしまった。

「あれっ」と僕。「これで詰み、じゃない?」

「ほんとだ。詰みですね」と郡くん。「負けました。井川さん、強いじゃないですか」

「いや、早いでしょ。手を抜くにしても、もうちょっと持たせようよ」

「手、抜いてませんよ。歳上の人にそんな失礼なことはしないです。言いましたよね、僕は全然強くないって」

「でも棋道部員だし」

「幽霊部員はこんなもんです。だから部活に来いとも言われないんですよ。相手にならないから。じゃ、もう一局やりましょう。と、その前に」

郡くんがトイレに立つ。音を立てずに歩き、居間から出ていく。

一つのソファにちよりさんと二人で残される。

訊いてみる。

「郡くん、ほんとは強いんだよね？」

「さあ」とちよりさんは答える。「勝ってるのは見たことないです」

「そうなの？」

「はい」

「ちよりさんは？」

「弱いです。でも唯樹には勝てます」

「じゃあ、手を抜いたわけでもないのかな」

「頭はすごくいいですけどね。わたし、数学とか教えてもらいましたし。教え方もうまいです」

「数学は得意で教え方もうまくて将棋は強くない。そんなことある？」

「あるんじゃないですか？　たぶん、興味がないんだと思います」

「将棋に？」

「もそうですけど。勝ち負けに」

もっと詳しく聞きたいが、そこで郡くんがトイレから戻ってくる。

すると今度はちよりさんがソファから立ち上がる。

「じゃあ、わたし、そろそろ」

「うん」

ちよりさんは僕に言う。

「失礼します」

「何か、邪魔しちゃってごめんね」

「いえ」

郡くんが玄関までちよりさんを送っていき、すぐに戻ってくる。そこもあっさりだ。じゃあね。じゃあ。という感じ。でもそのあっさり感がむしろ日常を思わせる。

郡くんはすぐに臨戦態勢になり、言う。

「さあ。負けますか」

「負けんの？」

「負けますよ。将棋って、素人レベルだと、十回やったら強いほうが十回勝つじゃないですか。だからまた負けます。でも勝ちにはいきますから、手を抜かないでください」

「こっちも手を抜けるレベルじゃないよ」

で、二局めも同じ。十五分ほどで僕が勝った。

「井川さん、やっぱり強いですよ」

「強くないよ」

将棋はそれでやめ、僕は二本めのビールを、郡くんも二杯めの紅茶を飲んだ。

駒を箱に戻しながら郡くんが言う。

「五時からバイトなんですよ、ちより」

「あぁ。それで」

「いつもは学校が終わって行けばちょうどいいんですけど、早く終わる日はちょっと空いちゃうんですよね。そんな日にここに来ます。休憩所みたいなもんです」

「一人暮らしも大変だけど、高校生でバイトも大変だね」

「ちよりは母親と二人なんですよ。父親がどうしようもない人だったみたいで」

「あぁ」

「で、母親が今付き合ってる相手も、どうしようもないみたいです」

「あぁ」

「だから、お金どうこうがなくても、バイトはやりたいみたいですね。家にいたくないから」

そんな環境でも勉強に目を向けられたのだから、ちよりさんも優秀なのだろう。

二本めの残りをグラスに注ぎ、それを一気に飲み干す。

「もう一本飲みます？」

「いや。もう帰るよ。ほんとにさ、このビール代は払うから」

「いいですよ。僕が押しつけただけだし。あと五本残ってるんで、持っていってください」

郡くんは台所に行き、その五本を入れた白いレジ袋を手に戻ってくる。そして立ち上がった僕にそれを差しだす。

「いいのかなぁ、ほんとに」と言いながらも、受けとる。

「高校生を飲酒の誘惑から守ったと思ってください」

「って、その高校生に言われても」

玄関に行き、スニーカーを履く。

郡くんがやはり見送りに来てくれる。

「またやりましょうよ。将棋」

「部でやればいいんじゃない？」

「部は、やっぱり学校なんですよ」

説明を端折られているが、何となく伝わる。部は、学校だ。

「ビール、ありがとうね。じゃあ」

郡家を出ると、筧家の前を通り、筧ハイツに戻った。

あ、そうだ、と思い、やや右にそれて、一〇三号室の前へ。

インタホンのボタンを押す。ウィンウォーン。

いないかと思ったが、いてくれた。僕とちがい、インタホンにも出てくれた。

「はい」

「隣の井川ですけど。前にごみのとこで会った」

「あぁ。井川くん。どうも」

「あの、中条さんて、お酒飲みます？」

「まあ、普通には」

「ビールも飲みますよね？」

「うん」

「じゃあ、飲んでくれませんか？　もらったものがあるんで」

「ちょっと待って。出るよ」

すぐにドアが開き、中条さんが顔を出す。スウェットの上下という格好。あごから頬にかけて無精髭が生えている。銀縁のメガネをかけてもいる。

「突然すいません」と言い、レジ袋から缶ビールを取りだす。「お裾分けみたいなことで、もらってください」

「いいの？」

「はい。ただ、賞味期限が十二月末なんで、お早めに」

「充分だよ。何なら期限が今日でもいい。過ぎててもいい」

「じゃあ、えーと」と缶を二本渡す。「いや、もう一ついきましょう」計三本。五分の三。いいとこだろう。さすがに丸投げでは郡くんに悪い。

「あ、そうだ。ちょっと待ってて」

中条さんは部屋の奥へ行き、すぐに戻ってくる。同じく白いレジ袋を手にして。

「みかん。食べて」

「いいんですか？」

「うん。いつも無理に食べてるから、むしろちょうどよかった。母親がさ、箱で送ってくるんだよね。静岡の三ヶ日みかん」

レジ袋を受けとる。ずしりと重い。たぶん、十個以上入っている。

「静岡なんですか？　ご出身」

「いや、栃木。宇都宮。通販で買ってみたらおいしかったんだって。だからここへも送ってくれんの。親父にはナイショで」

「ナイショで」

「親父は、おれがライターをやることに反対だから」

「あぁ」

「じゃあ、ビール、遠慮なく頂くよ。ありがとう。またいずれ深夜に」と中条さんが笑う。

「そうですね。ごみのとこで」と僕も笑う。

ドアが静かに閉まる。

そのあとで思う。あ、一〇一号室の女性のことを訊いてみればよかったな、と。

12

〈あけましておめでとう。高村くんと別れちゃいました〉

〈それは何というか。あけましておめでとう〉

新年は澄穂とのそんなやりとりで始まった。一応、年始のあいさつなので、それのみ。一往復。

正月三が日はバイトに出た。三が日どころか、元日からの五連チャン。六日の日曜と七日の月曜が連休、という形。

店長に頼まれたわけではない。自らそれを望んだ。そうすれば母のところへ行かなくてすむと思ったのだ。母のところ、つまり川崎市川崎区にある草間工務店に。

年始はバイトが入ったから行けない。と、一応、電話で伝えはした。だったら土日にでもいいから来なさいよ、と母は言ったが、そこは予定があるから、と断った。昔アパートに住んでた友だち三人が来るんだよ。でもそれはうそ。そんな予定はなかった。

で、ともかく、年始五連チャンが終わったあとの六日。日曜日。夕方。荒川河川敷散歩から戻り、図書館から借りた本を部屋で読もうとしていたそのとき。それはいきなりやってきた。痛み。激痛だ。

何が何だかわからなかった。あごの下に、何の前触れもなく凄まじい痛みが来た。うわわわっと言って、僕は床にひざまずき、崩れ落ちた。そしてその場でのたうちまわった。さすがにこのときは戸田さん以上の音を立ててしまったと思う。

初めて経験する類の痛みだった。度合いで言えば。足の小指を角にガンとぶつけたときの激痛。あれが少しも弱まらずに続く感じ。

何かが始まってしまった。体のなかで何かよくないことが起きてしまった。これは本当にヤバい。救急車！　と思い、自分で呼べるか？　と思った。

何分かすると、最初の瞬間よりは少しだけ痛みが引いた。足の小指のそれのように完全に引きはしない。かなりの度合いで高止まりしていた。そこからはもう少しも引かなかった。

そしてスマホに電話がかかってきた。

それが人間の習性というものなのか、そんなときなのに、出た。かけてきたのが母だったこともあって。

床に寝たまま話をした。

「もしもし」

「もしもし」

「幹太、あけましておめでとう」

「おめでとう」

「カゼとかひいてない？」

「だいじょうぶ」

「変わったことない？」

大ありだ。そう言おうとした。僕の代わりに救急車を呼んでもらうことを思いついた。が、口からはこんな言葉が出た。

「ないよ。そっちは？」

「平穏無事。店は明日から」

店。草間工務店。

「ごめん。今ちょっと立てこんでてさ」

「そうなの？　じゃあ、落ちついたら来なさいよ。去年した話も、考えておいて」

「うん。和男さんと守男さんによろしく」

「言っとくわよ。じゃあね」

「じゃあ」

電話を切った。スマホを手にしたまま、しばらく大の字に横たわっていた。

救急車を自分で呼べる状態にはなった。呼ばなかった。様子を見ることにしたのだ。その様子見が致命的な結果を招くかも、と思いつつ。

あごの下のやや左方、首に近い辺りが腫れていた。こぶのようにこんもり盛り上がっていた。腫瘍、という言葉が頭に浮かんだ。

腫瘍って、あごの下にもできるものだろうか。いきなりこんなに大きくなるものだろうか。でもがんはどこにでもできるというから、腫瘍だって同じかもしれない。

その後もズキズキする痛みが続いた。一夜明けても痛みの度合いは変わらなかった。でも腹は減ったので食パンを食べた。ものを噛むことで痛みが少し増すことがわかった。

普段、カゼをひいたくらいで病院には行かない。今回は行くことにした。とはいえ、何科に行けばいいかわからず、とりあえず近くの内科医院に行った。

正月休み明け。朝イチでも医院は混んでいた。

一時間以上待たされ、ようやく順番が来た。

僕は先生に事情を細かく説明した。のたうちまわりました、とも言った。とにかく実情を正確に伝えたかった。

先生は僕のあごの下を触り、口のなかを見た。

「あぁ。これは痛いでしょう」

「痛いです」

「でもウチでは無理ですね。耳鼻咽喉科の先生に紹介状を書きます。それを持って、行ってみてください」

紹介状をもらい、その日の午後イチで、指定された耳鼻咽喉科医院に行った。

そこでも一時間待たされ、やっと順番が来た。

紹介状を読むと、耳鼻咽喉科の先生は言った。

「はい、了解。じゃ、見せて」

まずは触診した。あごの下の腫れを。

「ものを食べるとすぐにこうなるでしょ」

「食べなくてもなってたような気が」

「ものを食べると唾液が出るからさ、それがたまってこうなっちゃうの。唾液腺が詰まってるんだね。ダセキで」

唾石、だという。

「ほら、尿管結石とかあるでしょ？　あれと同じ。炭酸カルシウムが固まってできちゃうの。じゃ、なか見せて」

口を開けて、なかを見せた。舌を丸め、その下を見やすくして。

「あぁ。もう見えてるね。出口に近いとこまで来てるよ。この石がザリザリ動いたときに最初の痛みが来たんだな」

ザリザリ。納得した。唾石が唾液腺のなかをザリザリ動くその姿が想像できた。そうなることで、あの凄まじい痛みが来たのだ。

「じゃ、取ろう。切っちゃうよ。今やっちゃう」

先生は女性の看護師さんにいくつか指示を出した。そしてすぐにメスらしきものを持ち、診察台に座る僕に迫ってきた。

「あの、麻酔とかは」

「なし」

「痛くないですか？」

「ちょっとは痛いよ。でもすぐ終わる」

有無を言わさぬ感じで切除が始まった。優しそうに見えた看護師さんが、背後から僕を押さえていた。

あきらめて目を固く閉じた。チクン、と痛みが来た。注射よりは遥かに上の痛み。でも幸い、唾石そのものから来る痛みとちがい、長続きはしなかった。

「はい、取れた」と先生は言った。

口のなかで血の味がした。消毒を経て、切除は終了した。

最後に先生が、取りだした唾石を見せてくれた。大きめの砂糖粒のような白い石。見てくれはかわいい。でもそれが唾液腺のなかをザリザリ進んでいたのだと思うとゾッとした。

「もうカエルみたいにプクッとふくれたりはしないから」

「そうですか。よかった」

「ただ、もしかすると石ができやすい体質かもしれないから、その辺りを毎日マッサージして。唾液の通りをよくするために。指でこう、一日五十回ぐらい」

「はい。やってみます」

そして僕は受付で支払いをすませ、耳鼻咽喉科医院を出た。

ほっとした。いや、それどころではない。この上ない安堵。

「よかったぁ」と声に出して言った。すれちがう通行人に聞かれてもかまわない、というくらいの気持ちで。

まちがいなくヤバい病気になったのだと思った。大げさでも何でもなく、絶望に見舞われた。その絶望が、あっさり取り除かれた。そのことにむしろとまどった。

次いで、父のことを思った。僕の絶望はわずか一日で終わったが、父のそれは終わらなかった。絶望は、最期まで続いたのだ。

痛いのはいやだ。でも死ぬこと自体をそんなに恐れてはいない。自分ではそう思っていた。でも床をのたうちまわっていたあのとき、死にたくないとはっきり思った。やはり思うのだな、と思った。

そして今はこう思う。父も同じだったろう、と。

13

結局、入院もしなかったし、継続的な通院もしなかった。バイトを休むことすらなかった。連休明けの火曜日にはいつもどおり出勤した。

店で七子さんに唾石のことを話した。反応はこの程度。へぇ。大事に至らなくてよかったね。

ことの重大さがうまく伝わっていないような気がした。僕にしてみれば、かなりの大ごとだったのだ。これまでで一番と言えるくらいの。でも僕がぴんぴんしているから、大ごととは思えなかったらしい。

店長にも同じ話をしてみたが、反応は似たようなものだった。唾石？　そういうのもあるんだね。石ができるのは尿管だけじゃないんだ。尿管結石は、あれ、痛いんだってね。僕も気をつけなきゃ。

仕事を終えてアパートに戻ると、すぐにインタホンのチャイムが鳴った。ウィンウォーン。

計ったかのようなタイミング。帰宅したところを見られたのかもしれない。しかたない。受話器をとった。

「はい」

「井川くん、どうも。隣のツボウチです」という女声が聞こえてくる。

ツボウチ？

「ほら、前にコンビニで会った」

「あぁ」

「ちょっといい？」

「はい。出ます」

受話器を戻し、三和土でサンダルを履いて、玄関のドアを開けた。

外には、店で会ったあの人がいた。七子さん曰く、きれいな人、だ。

「いきなりでごめんなさい。驚いた？」

「少し」

「こないだはアパートで会うかもって言ったけど、なかなか会わないから、わざわざ来ちゃった。隣でも、やっぱり会わないもんだね」

「そうですね」

「ドアを開け閉めする音が聞こえたから。帰ってきたんだな、と思って」

「はい。今帰りました」

確かに、隣の人が出入りする音は聞こえる。今も聞こえた。彼女がそうする音が。でも聞こえたのは一〇一号室からではなく、一〇三号室から。中条さんの側だ。

ということは、どういうこと？

「こないだ会ったときは名前まで言わなかったよね。わたし、ツボウチです。ツボウチイクノ」

坪内幾乃さん、だそうだ。

「二度めだけど、初めまして」

「どうも。僕はあのとき、自分が井川だと言いましたっけ」

「言ってない。それも中条さんから聞いた。で、中条さんが井川くんにも声をかけてみればって言うんで、来ちゃいました。わたしね、お芝居をやってるの」

「お芝居。役者さん、なんですか？」

「そう。小さい劇団にいる。でね、今度その劇団の公演があるの。よかったら観に来てくれないかな」

「えーと、いつですか?」

「来月。二月の十五、十六、十七。金、土、日。場所は新宿。五十人ぐらいしか入れない劇場」

「二月は、まだ休みが決まってないんですよね」

「正直、チケットがさばけてないの。ダメかな」

「いくらですか?」

「二千円。でも千五百円でいい。何なら千円でもいい」

「演劇って、観たことないんですよね」

「そこは心配いらない。ウチは前衛演劇とかじゃないから。普通のお芝居。シェイクスピアとかでもないオリジナルの現代劇。自分で言うのも何だけど、高校の文化祭でやるような劇に近いかな。高校生たちのほうが、もっと尖ったものをやろうとするかも」

「坪内さんが主役、ですか?」

「わたしは準主役。五人の芝居での準主役だから、ちっとも大したことないけど。劇団名は『東京フルボッコ』。東京が漢字で、フルボッコがカタカナ」

「東京フルボッコ。いいですね」

「ありがとう。よく言われる、と言いたいところだけど、言われない。何それって、いつも言われる」

「主役の役者さんて、もしかして中条さんじゃないですよね？」

「まさか。ちがうちがう。中条さんは役者なんてやってないでしょ。彼は書くほう。台本とかではない文章を書くライターさん」

「ですよね」

「何かごめんね、押売りみたいなことしちゃって」

「いえ」

初めは面倒だと思った。でも話を聞くうちに少し気が変わった。

そして、澄穂を誘うことを思いついた。演技に興味があるようなことを言っていたし、またお茶飲みに行こうよ、とも言っていたので。何よりもまず、別れちゃいました、と言っていたので。

「行きますよ。チケット、買います」

「ほんとに？　無理してない？」

「してないです。何日のにするかは、ちょっと待ってもらっていいですか？　休みを調整したいので。すぐじゃないと売り切れちゃいます？」

「だいじょうぶ。恥ずかしながら、売り切れない」

「明日かあさってには決めますよ。で、お伝えします」

「うれしい。声をかけてよかった。ありがとう」

「いえ。じゃあ、予定がはっきりしたらすぐに」

「待ってるね。チケットはそのときに」

「はい」

「お邪魔しました」

「どうも」

ドアを静かに閉める。サンダルを脱いでなかに上がる。

エアコンの通風口のすぐ下に立つ。温風を浴びながら、澄穂にＬＩＮＥのメッセージを送る。

仕事中かと思ったが、返信はすぐに来た。

〈おもしろそう。行く〉

14

真冬の河川敷は寒い。が、気持ちがいい。

冬は風があるかないかで体感温度が変わる。陽射しの有無でも変わる。今日は無風で快晴。むしろ暖かいと感じる。

陽射しの強さは、夏でも冬でもあまり変わらない。こうして広い場所を長く歩いているとそう思う。太陽光そのものの熱を感じることができるのだ。建物に遮られたりしないから。

荒川河川敷、の広い芝地。野球場でもソフトボール場でもない、ただの芝地。そこを風斗くんが走りまわっている。朱奈ちゃんが追いかけている。捕まえようとしているのではない。ただ追いかけている。

ワンルームでもどうにかスペースを見つけてでんぐり返しをする風斗くんなのだから、こんなに広い芝地なら走る。で、転ぶ。で、ゴロゴロ転がる。大人の僕でもわかる。こんな芝地に足を踏み入れたら、走りたくなる。転びたくなる。ゴロゴロ転がりたくなる。

筧ハイツから、結構歩いてきた。二十分は歩いたはずだ。

子どもにとって徒歩二十分は長い。しかも、二人とも未就学児。住宅地ならとても無理。見晴らしのいいこの河川敷だからそれができる。

荒川の向こうにある首都高速中央環状線の高架。そこを右から左へと走るたくさんの車を見て、風斗くんは言った。

「豆みたい」

「豆よりずっと小さいよ」と朱奈ちゃん。

実際、車は豆粒よりもずっと小さく見える。それほど距離があるのだ。それほど距離があるのに、見えるのだ。二十三区内でこんなに遠くを見渡せる場所もそうはない。

途中でＪＲの鉄橋もくぐった。真上の線路を電車が走るのを見て、風斗くんは声を上げた。

「うおっ！」

「何かこわい！」と朱奈ちゃんも言った。

確かにこわいのだ。そうした鉄橋は粗い造りになっていることが多い。骨組みのみ、という感じで、下から線路が見えたりする。そこもそう。走っていく電車を真下から見られる。当然、音も大きい。さすがに戸田さんでもかなわないレベルだ。

今から三十分ほど前。その戸田さんに言われた。

「カンちゃんさ、朱奈と風斗を連れて、川にでも行ってきてくんない？」

「散歩に行くってことですか？」

「うん。朱奈も風斗もカンちゃんと遊びたいって言うから」

「僕はいいですけど。戸田さんは？」

「行かない。これからママが来んのよ」

「二人でどこかに？」

「いや。二人だけで話をしようと思ってさ」

一瞬、夫婦の営みのようなものをするのかと思った。が、すぐに思い直した。そんなわけがない。戸田さんと藍奈さんの今の関係からすれば。そして戸田さんの珍しく真剣な表情からすれば。

「そういうことなら、行ってきますよ。僕も歩こうと思ってましたし」

「頼むよ。帰ってきたら二人ともコテンと寝ちゃうくらい歩かせて」

「わかりました。僕もコテンと寝るくらい歩いてきます」

というわけで、三人、午後の散歩に出た。

朱奈ちゃんと風斗くんはしっかり厚着をしていた。ダウンに手袋にマフラーにニット帽。二人とも、少しふくらんで見えた。ダウンは、朱奈ちゃんがピンクで、風斗くんが黄色。しかも車で言えばメタリック。テカテカ。戸田夫妻らしいチョイスだ。

今、芝地の先には少年サッカー場が見える。平日はつかわれていないが、今日は日曜なので小学生チームが練習をしている。遊びではない。きちんとした練習だ。大人のコーチがつき、何やら指導をしている。

風斗くんはなおも走る。追いかけてくる朱奈ちゃんを見ながら。で、バランスを失い、転ぶ。うわぁん、と声を上げる。僕が開けたドアにぶつかったときみたいに。

あわてて小走りに寄っていく。

「だいじょうぶ？」

風斗くんはドアのとき同様、わかりやすく泣いている。きちんと涙を流している。すぐに出るんだな、と感心しながらわきにしゃがむ。すでにしゃがんでいる朱奈ちゃんの隣だ。

「風斗。ママが言ってるでしょ？　転んだくらいで泣いたらダメなんだよ」

「ママだって泣くもん。泣いたもん」

泣いてるわりに言葉ははっきりしている。声もそこまで震えてはいない。

「転んだから泣いたんじゃないの。ママは悲しかったから泣いたの」

軽い気持ちで訊いてしまう。

「ママも泣くんだ？」

「うん」と朱奈ちゃんが答えてくれる。「パパに好きな人ができたから泣いた」

あせる。変なことを言わせてしまった。質問をすれば、子どもは答えてくれる。答に爆弾が含まれていることもある。

「足、ひねらなかった？」と風斗くんに訊く。

わからなそうな顔をしているので、言い方を換える。

「足、痛くない？」

「痛い。でもそんなには痛くない」

「立てる？」

「立つ」

風斗くんの手をとって、立たせる。

「跳べる？　ジャンプできる？」

「できる」

風斗くんがジャンプする。その場で跳びはねる。

「どう？　足、痛くない？」

「痛くない」

「よかった」

あっという間に涙は止まっている。筋だけが頬に残っている。

うぉ～い、みたいな雄叫びを上げて、風斗くんが再び走りだす。

朱奈ちゃんはもう追わない。

「絶対また転ぶよ」とあきれている。

しゃがんだまま立ち上がろうとしないので、僕もまたしゃがむ。今度は芝生にお尻をぺたんとつけて座る。

左手の中指であごの下をもむ。唾液腺マッサージだ。五十回どころではない。最近は一日二百回やっている。もうあの痛みはごめんなので。

「カンちゃんにもパパとママ、いる？」と訊かれる。

「いるよ」と答えてから、足す。「今はママだけ。お母さんだけ。お父さんは、死んじゃった」

亡くなった、ではわかりづらいかと思い、初めからそう言った。

「どうして死んじゃったの？」

「病気で」

「ふぅん」朱奈ちゃんはしばし考え、言う。「悲しかった？」

「悲しかったね。人が死んじゃうのは悲しいよ」

親ではなく、人と言ってしまった。ごまかした感じがする。

「パパが死んじゃったら、朱奈も悲しい」

「そうだね。でもだいじょうぶだよ。戸田さんは死なない」

「何で？」

「何でって言われるとあれだけど。死にそうな感じがしないよ」

活力に満ちているから、というのは子どもにどう説明すればいいか。いや。下手なことは言えない。活力に満ちた人も事故に遭ったりはするのだ。

　僕の父だって、病気にはなったが、活力に満ちていなかったわけではない。今にも死にそうな人として生きていたわけではない。

「パパが死んだら、ママも悲しいかな」

「悲しいよ。決まってる。絶対に悲しい」

　言いながら、思う。僕の母は悲しかっただろうか。今僕が言ったこと。人が死んじゃうのは悲しい。それ以上の悲しみを、感じただろうか。

「でもぶったよ」

「え？」

「ケンカして、ぶった」

　ドキッとする。ぶった。言い方はやわらかいが、手を上げたということだ。殴ったということだ。

「パパとママ、ケンカしたの？」

「うん」

「いつ？」

「ずっと前」

「ママはだいじょうぶだったの？　ぶたれて」

「ちがう。ぶったのはママ。ママの手が鼻に当たって、パパ、鼻血出た」

「あぁ。で、パパはどうしたの?」

「ぶつなよ～って言った。ぶったらいけないんだよって朱奈も言った」

「そしたら、ママは?」

「ごめんて」

　訊くべきではないと思う。が、訊く。

「そういうのは初めて?　そういうふうにママがパパをぶったりしたのは、それが初めて?」

「初めて」

「パパも、ママをぶったりはしないよね?」

「しないよ」

　これは本当に訊くべきではない。身内でも何でもない僕が訊いていいことではない。でも訊きたい。

「朱奈ちゃんはさ、みんなで一緒に暮らしたい?　前みたいに四人で」

「うん」

「風斗くんもそうだよね?」

「風斗もそう。でも、今もいい。たこ焼きできるし、カンちゃんと遊べるし」

「たこ焼きは自分の家でもできるよ」

「こないだやった」

「そうなの？」

「うん。ママと風斗と。いっぱい食べた」

「おいしかった？」

「おいしかった」

「夏になったら、流しそうめんもできるよ」

「それ、何？」

「おそうめんが流れてくるの。プールのすべり台みたいに」

「夏にならないとできないの？」

「できるけど。今は寒いからおそうめんを食べないでしょ。夏まで待ってて」

「待ってる」

数メートル先で、風斗くんが転ぶ。今のは故意だ。朱奈ちゃんと僕の目を意識して、わざと転んだ。

だからすぐに立ち上がる。と見せて、でんぐり返しをする。いつもと同じ。返らない。背中をドンとつく。でも芝生だからだいじょうぶ。痛くない。泣かない。

「さて、そろそろ帰ろうか」

今から徒歩二十分。疲労を加味すれば、もっとかかるだろう。戸田さんと藍奈さんも、たっぷり一時間は話せるはずだ。

実際、帰り道の風斗くんの歩く速度は見事に落ちた。前半に飛ばしすぎたマラソン選手やサッカー選手みたいにだ。

風斗くんは朱奈ちゃんと手をつないで歩いた。その後ろに僕がつく、という形。でもたまには朱奈ちゃんの手を離して走りだすこともあった。少し先へ行き、得意げに振り返るのだ。君たちは何をノロノロしているのか、と。そしてすぐにペースダウン。緩急が激しかった。

その緩急の何度めかの急のとき、つまり風斗くんが朱奈ちゃんと僕をおいて走りだしたとき。前から犬と飼主がやってきた。

犬は中型の日本犬。黒に茶が交ざっている。色からしてもうワイルド。甲斐犬、というものかもしれない。

飼主は四十代前半ぐらいの男性だ。ウインドブレーカーの上下。やや長めのリードを引いている。

風斗くんは犬に向かって走ったわけではない。走りだしたら前方にその犬がいた、という感じ。驚きはしたようだが、そのまま走っていった。

すれちがいざま、犬がいきなり進路を変えて風斗くんに飛びかかろうとした。

よけようとして、風斗くんは転んだ。ちょっといやな転び方だ。それこそ足首をひねりでもしたような。しかもアスファルトの路上。

風斗くんの声が上がるのを待たずに、僕は走りだしていた。あとから、うわぁん、が来る。

飼主はすぐにリードを引いた。が、引いただけ。急いで犬を遠ざける、という感じでもなかった。犬もただ威嚇するだけのつもりだったのだろう。なおも向かってくることはなかった。

そして犬は、というか飼主は、何も言わず、そのまま歩き去ろうとした。

反射的に声が出た。

「いや、ちょっと！」

飼主が立ち止まり、振り返る。が、何も言わない。

「何してるんですか！」

「そっちが寄ってきたんだろ」と案外冷静に言われる。

「寄ってきてはいないですよ。ただまっすぐに走ってただけで」

「急に走ってこられたら犬は驚くに決まってる」

「急にじゃない。距離はありましたよ」

「驚かせるほうが悪いだろ」

「後ろから来て追い越したならともかく、前から来たんだから見えてるでしょ」

「親なら走らせんなよ。ちゃんと見とけよ」

「飼主なら注意してくださいよ。ちゃんと危険がないようにしてくださいよ」

朱奈ちゃんと風斗くんが驚いた顔で僕を見ている。今は驚いた顔。これを不安な顔にさせてはいけない。

「とにかく、気をつけてください」

そう言って飼主に背を向け、風斗くんを立たせる。

「だいじょうぶ？　ケガしてない？」

「だいじょうぶ」

「どこも痛くない？」

「痛くない」

「だから走るなって言ってんの」と朱奈ちゃんが言う。

チラッと後ろを見る。

飼主と犬はすでに歩きだしている。こちらを見もしない。あちらにしてみれば、よくあることなのかもしれない。

「ごめんね」と風斗くんに謝る。「僕がもっと気をつけておけばよかった」

「風斗が悪いんだよ」と朱奈ちゃん。

「ぼくは悪くないもん」と早くも泣き止んで風斗くん。

「じゃあ、カンちゃんが悪いの？」

「カンちゃんも悪くない」

その言葉にほっとする。こんなことが毎日あるのだから親は大変だ。

そこからは、僕自身が風斗くんと手をつないで歩いた。もちろん、朱奈ちゃんともつないだ。左に風斗くん、右に朱奈ちゃん。パパみたいだ。代理出席ならぬ、代理パパ。時給〇円。

この件は本物のパパとママにきちんと報告しなきゃな、と思う。犬に飛びかかられそうになって子どもが転ぶ。ベビーシッターとしては失格だ。無償だからそれでいいということはない。無償だからこそダメなのだ。

「ママ、もう来てるかな」と風斗くんが言い、

「来てるよ」と朱奈ちゃんが言う。

「今日、晩ご飯何かな」

「カレー。昨日ママが言ってた」

「風斗くん、カレー好き？」と尋ねてみる。

「好き」

「朱奈ちゃんは？」

「好き」

「ママのカレーって、おいしいよね」

「レトルトだよ」と朱奈ちゃん。

「そうなの？」

「そう。お休みの日はつくるけど」

「レトルトでもさ、ママが温めれば、おいしくない？」

「おいしい」

そして今度は朱奈ちゃんに訊かれる。

「カンちゃんは、食べもの何が好き？」

「食パン」と即答する。

「あ、そうだった」と朱奈ちゃんが言い、

「変なの」と風斗くんが言う。

笑う。三人で。

15

翌日は成人の日。久しぶりに英作が遊びに来た。今は調布市の都立高で教師をしている英作だ。

前日の日曜に続き、その日も僕は休みだった。年始に出てくれたからそこは日祝連休でいいよ、と店長が言ってくれたのだ。

近々アパートに行くよ、と予告していた英作にその旨を伝えると、では成人の日に、となった。

彦っちと英作と有沙。三人がアパートを出てからその誰かと会うのはそれが初めて。個別にも四人ででもどこかで飲もうという話はしていたが、実現してはいなかった。まあ、そんなものだと思う。今度飲もうよ、と言っておけば、最低限、つながりは保たれる。

約束の午後一時ぴったりに英作はやってきた。大学生のときからそうなのだ。授業をサボることはあっても、遅刻はしない。時間は必ず守る。

ウィンウォーン。

そこは勧誘を疑わず、受話器での応対を省いてドアを開けた。

外にはコートを着た英作がいた。卒業前、大学四年のときに買ったダッフルコートだ。

英作は卒業と同時にアパートを出たので、会うのはほぼ五年ぶり。顔を見てまず、ちょっと太ったか？　と思った。直後に、いや、そう変わってないか、とも思う。

「おぅ。久しぶり」と英作が言い、

「久しぶり」と僕も言う。

上がんなよ、と言わなくても英作は上がる。その感覚もまた久しぶりだ。

「幹太、全然変わらないな」

「苦労してないからかも」

「苦労はしただろ。会社を二つもやめたんだから。今はコンビニだっけ」

「そう。学生のときは、そこでのバイトは避けてたのに」

「そんなこと言ってたな。公共料金の支払いとか宅配便の受付とか、いろいろめんどくさそうだからって。実際はどうなの？」

「めんどくさいけど、すぐ慣れるよ。何てことはない」

一緒に昼メシでも食おうと事前に話していたが、その用意は自分ですることになっていた。僕はスーパーで弁当を買ってきた。英作もそうしていた。僕らは同じスーパーに行っていたのだ。二軒あるうちの一軒。そのチョイスまでもが同じ。

「やっぱりそうなるよね」と僕。

「弁当のコスパはそっちのほうがいいもんな」と英作。

「入れちがいであの店の弁当惣菜コーナーにいたんだね」

「幹太のあとにおれ、だったんだろうな」

二人、折りたたみ式テーブルを挟んで座る。部屋の主ということで、一応、僕が背もたれのある壁側。英作は当たり前のように壁側でないほうに座る。覚えているのだ、体が。

「部屋も変わってないな」

「うん。それは全然変わってないと思うよ。家財道具は一つも増えてないんじゃないかな。減りはしたけど」

「何が減った？」

「たこ焼き器と流しそうめん器。物入れのなかの」

「じゃあ、気づけないよ」

「コーヒー、入れる？」

「いや。ビール買ってきた。飲もう」

英作はスーパーのレジ袋から缶ビールを四本取りだしてテーブルに置く。

「すごい。普通のビールじゃん。おれはいつも第三のビールだよ」

「おれもいつもはそう。でも手みやげにそれはないなと思って」

「グラス出す？」

「いいよ、直飲《じか》みで」

「一応、先生だからさ、失礼にならないよう訊いてみたよ」

「何だ、それ」と英作が笑う。

四本のうちの二本を冷蔵庫に入れ、二つの弁当を電子レンジで温める。僕の海苔弁当が先。お客ということで、英作のお好み幕の内弁当があと。

そしてそれら二つを手に定位置に戻る。

二階の戸田家でつかっているのはクッションだが、ウチは座布団だ。それも変わってない。

大学二年のときに、四枚セットのものをホームセンターで買った。一人で運ぶのは大変なので、彦っちを付き合わせた。自分が座るんだから、と説得して。

それぞれクシッとタブを開け、ノン、と缶を当てて、ビールを飲む。

「再会を祝して、とか言ったほうがいいかな」と英作。

「いいよ。祝すほどの再会でもない」と僕。

「じゃ、あれだ、見も知らぬ者たちの成人を祝しとくか」

「そうか、成人の日だ、今日」

「幹太、自分の成人式は行った？」

「行ってない」

「行ってないのかよ」

「英作は？」

「行ってない」

「同じじゃん」

「おれは松山だからさ、相模原みたいに簡単には帰れないよ」

「成人式なら帰るでしょ」

「年末年始に帰って成人式にも帰るのは無理。四国は遠いんだよ。バスだって片道一万はかかる。幹太は帰れただろ。近いんだから」

「でもああいう式に出たいとは思わないよ。荒れる人たちとか見たくないし」

「今もいるのかな。まあ、いるか。風物詩というか、お約束みたいなもんだしな」

「式は苦手だよ。おれ、大学の卒業式も出てないからね。結婚式には結構出てるけど」

「ん？　友だちがもうそんなに結婚してる？」

「そうではなくて」

説明した。代理出席バイトのことを。月に二度ほどやっていたことから、高校時代の同級生に出くわしてひどくあせったことまで。

「へぇ。クラスメイトとばったり。あるんだな、そんなこと」

「知り合いって、実はたくさんいるからね。学校のクラスメイトに先生。塾の友だち、バイトの友だち、会社の同僚、近所の人たち。そんなふうに広げていけば、千人単位でしょ」

「そうか。おれなんかそこに生徒も加わるから、すごい数だ」英作はビールを飲んで言う。「そんなバイトもあるんだな。でも悪くないか、引出物までもらえるなら」

「皿とかはもらっても困るけどね」

「もらったら、どうする？」

「こないだは大家さんにあげた。ちゃんとつかってくれてるらしいよ。報告までしてくれた」

「おぉ。さすが筧さん。おれもあとであいさつしていくよ。といっても、覚えてるかな」

「覚えてるでしょ」

「やっぱり今も、奥さんがアパートの前を掃いてくれたりすんの？」

「するよ。毎日やってくれる」

「あれはほんと、恐縮するよな。一階だけじゃなく、おれらの二階まで掃いてくれるんだから。で、まだやってんの？　その代理出席」

「登録はしてるけど、最近はほとんどやってない。場所が遠かったりで、あんまりいいのがなくて」

いい条件のものがなかったことは事実。でもやろうと思えばやれた。なのにやらなかった。躍動感をもってうたい踊る高校生の姿を見せられたりすることを、億劫に感じるようになったのだ。

英作も高校の教師。結婚するとしたら、その披露宴にもああいう子たちは来るのだろうか。何らかの余興をやって、僕を感動させてしまうのだろうか。

「英作はさ、何か部を持ってるの？」

「卓球部。卓球なんてやったことないのに持たされてるよ。若い男は何かしら持たされるんだよな、やっぱり」

「じゃあ、練習は、見てるだけ？」

「いや、やるよ。生徒と打ち合ったりする。で、負ける。惨敗。中学でやってた子はうまいよ。サーブにかすりもしない。ギュルンと曲がるから」

「でも、打ち合うんだ？」

「ああ。よく言えば、自信をつけさせる役かな」

「楽しそうだね」

「いやぁ。大変なこともあるよ。生徒たちのことは、正直、今もよくわからない。探り探りだよ。この子にこう対応してうまくいったから別の子にも同じ対応をすればだいじょうぶってわけにはいかないし。たまにはそれで大失敗することもあるよ。ほとんどの子が本当の感情は隠すから、それを見極めるのは難しい」

「英作でも難しいなら、おれは絶対無理だな。教育実習の段階であきらめてたと思うよ」

「教育実習か。実習は楽しかったなぁ。まだここに住んでたころだよな、受けたのは。確かにさ、その実習で、結構分かれるんだよ。教師をやれると思うかやれないと思うか」

「英作は？」

「おれは、やりたいと思ったよ。実はさ、そのときはまだ会社への就職も考えてたんだよな。でもそれで決めたよ。はっきりと、教師になろうって」

「あのころ、そんなこと言ってたっけ」

「言わないよ。言ってたらバカみたいだろ。教育実習を受けた。感動した。教師になろうと決めた。そんなやつ、理想だけの熱血ダメダメ教師になりそうだ」

「ダメダメではないだろうけど、熱血教師でもないんだ？　英作は」

「ないね。今になればわかるよ。結局、教育実習生はお客さんなんだなって。在学中にやるから準備だの何だので大変は大変なんだけど、責任は持たされないから楽なんだよ。生徒たちもイベント気分で接してくれるし」

「今じゃ、そうはいかない？」

「いかないな。自分がお客だと思ってる生徒は多いよ。いや、生徒じゃなく、保護者がそうなのか。授業料は無償化になっても、お客はお客なんだね。自分たちは教育というサービスを受ける側。そんな意識がどこかにあるんだ。それが生徒にも伝わる。といっても、現場では楽しいこともあるけどね。十代の子たちはやっぱりおもしろいし。何でも自分の感覚を信じちゃったりとか」

「それは、例えばどういう？」

「えーと、そうだな。自分が高校生のとき、思わなかった？　授業中に居眠りしてもバレないって」

「思ったね。実際、してたし」

「あれさ、教卓から見ると丸わかりなんだよ。でも生徒たちは、注意されないから見つかってないと思っちゃう。こっちにしてみれば、授業を中断することになるから毎回注意してはいられないだけなんだけど」

「毎回はしないんだ？」

「しない。いびきをかいてほかの生徒の集中を妨げたりしない限りは」

注意されないから見つかってないと思っちゃう。注意されないからうるさくしてないと思っちゃうのと同じだ。居眠りが教師にバレてないと思いそうだなぁ。高校生の戸田愛斗。

「寝てる生徒を指したりはしないの?」

「それはたまにする。こないだもしたよ。寝てた男子生徒にいきなり、関ヶ原の戦いは何年だ? って。公民の授業だから歴史は関係ないんだけど。何て言うかなぁ、と思ってさ」

「何て言った?」

「一六〇〇年ですって」

「正解、だよね」

「そう。だからついほめちゃったよ、寝てたのにすごいなって。ギリ聞こえてましたって笑ってた」

郡くんぽい生徒だな、と思い、僕までもが笑う。

「まあ、それだって、人を見てやったんだけどね。この子ならだいじょうぶってことで。でもそうされて傷つく子もいるよ。寝てるのをわかっててわざと指した、先生は意地悪だっていう理屈だな」

「そうなるともうほとんど逆ギレだね。自分が寝てたのにそう思っちゃうなら、どうしたらいいわけ？」

「通路を歩きながらそっと肩を叩くとかして、周りに気づかれないように起こす」

「それはほんとに大変だ」

「全部が全部そうではないよ。場合によってはそんな対応も必要ってこと」

その後、二本めのビールを飲みながら、僕らは大学時代のことを話した。よく誰かの部屋に集まっていたことや、でも何故か学食に集まったりはしなかったことを。

「焼肉も鍋もやったよなぁ」と英作が言う。「牛は高いから豚。豚も高いから鶏。鶏の焼肉って何だよ」

「焼鳥だよね、要するに」

「鍋は、何が多かった？」

「モツかな。キムチを大量に入れて」

「キムチを入れとけば味はどうにかなるもんな。ベースがみそでもしょうゆでも」

「カレー鍋もやったよ。炒めものでも何でもカレー味にしておけばまちがいないっていう定説を、初めて覆した」

「お湯にカレー粉だけを入れたんだ、出汁も何もなしで」

「そう。で、薄かった。だから濃くしたら、余計おかしくなった」

「それでも食ったよな」

「食ったね。チーズ入れてみる？　って有沙が言ってさ。彦っちが買いに行ったんだ。で、買ってきたのがまさかのスライスチーズ」

「それはそのまま食ったよな、つまみとして」

「そう。その日はそれが一番うまかった」

お好み幕の内弁当に入っていた唐揚げをつまみにビールを飲んで、英作は言う。

「たこ焼き器と流しそうめん器、もうないって言ったじゃん。あれ、どうした？　捨てた？」

「いや、あげた」

「それも大家さんに？」

「じゃなくて、上の人に」

「上の人って、二階の人？」

「そう。子どもたちもいるから」

「住んでるわけじゃないだろ？」

「うん。住めはしないよ。たまに、ママがパパに預けに来る」

「ってことは、パパが上の人だ。別居してるわけ？」

「そう」

「でも預けには来る？」

「ママも働いてるから。一人で二人を見るのは大変らしくて」

「そこまで知ってるのか、事情を」

「まあね。わりと話すから」

「アパートのほかの人と、話すんだ？」

「ほぼ九年も住んでるからか、最近そういうことが増えてきた」

「九年。ワンルームにしては長いよな」

「長いね」

この先、もっと長くなるかもしれない。一生ワンルーム、にならないとは言えない。

ビールは二本では収まらず、三本めに突入した。

僕があらかじめ買っておいた第三のビールを飲みだしたときに、英作がぽろりと言う。

「彦っちと有沙、付き合ってるらしいよ」

「え？　そうなの？」

「そう。本人たちが言うかと思って黙ってたんだけど。飲んじゃったから言っちゃったよ。そこに触れないと、何か話しづらいから」

「いつから?」

「さあ、そこまでは。去年あたりなのかな。働きだして三年、知り合う人とひととおり知り合って、人間関係も落ちついて、それでお互いに思いだしたとか、そういうことじゃないか」

「二人は会ってたわけだ」

「ってことだな」

「ここに住んでたときからその感じ、あった?」

「いや、なかった。彦っちよりはむしろおれのほうが有沙と仲がよかったような」

「おれもそう思ってたよ。有沙と一番親しいのは自分かなって」

「彦っちもそう思ってたかもな」

普通のビールと続けて飲むとやはり味の落差に気づかされてしまう第三のビール。でもそれはそれでうまい第三のビールを飲みながら、言う。

「二十六で付き合いだしたんなら、結婚まで行ったりするのかな」

「どうだろう。そうなってほしいけどな。今度四人で会おうぜ。今度今度って何度も言って結局会ってないから、今度こそほんとに会おう。会って、二人のなれそめを聞こう」

「なれそめは、大学とこのアパートでしょ」

「そうか。じゃあ、なれそめじゃなくて、ここを出たあとのことを聞こう」

「うん。聞こう」

今なら四人で会えそうな気がする。ちゃんと理由があるのだ。彦っちと有沙の話を聞くという。会って二人を冷やかすという。

英作は午後五時すぎまで部屋にいた。

帰る際には、本当に大家さんのところへあいさつに行った。僕もついていった。

「おぉ。芳賀さん」と玄関で大家さんは言った。そして居間にいた奥さんを呼んだ。

その奥さんまでもが、英作のことをきちんと覚えていた。

「あら、芳賀さん。どうもどうも。先生になったのよね?」

「はい。手みやげもなしですいません。来てから、ごあいさつに伺うことを思いついたので。あのころはお世話になりました」

「お世話なんてしてませんよ」と大家さんが言い、

「お部屋もきれいにつかっていただいて」と奥さんも続く。

部屋をきれいにつかっていたのは、たぶん、英作だけだ。彦っちと有沙はそうでもない。僕もそうでもない。もちろん、壁や床を傷つけたりはしない。でも行き届いた掃除まではできてない。

「一度、夜通し騒いじゃったことがありますよね」と英作が言う。「あのときはすいませんでした」

「学生さんなんだから、そうなることもありますよ」と大家さん。

「芳賀さんたちはむしろおとなしかったほうですよ」と奥さん。

そう。一度だけ、当時の隣の住人に大家さん経由で苦情を言われたことがある。僕の隣の人。今は中条さんが住む一〇三号室に住んでいた人だ。

あのときは何で騒いだのか。特別な理由はなかったように思う。確かに学生はそうなのだ。興が乗れば騒ぐ。深夜に二度も三度もコンビニに買出しに行ってしまう。くつ音を立ててしまう。笑い声を上げてしまう。

「もう僕らの代の生き残りはこの幹太だけですけど。引きつづきよろしくお願いします」

英作はそんな保護者のようなことを言って、頭を下げる。

「こちらこそよろしくお願いします」と大家さんが言うので、

「よろしくお願いします」と僕までもが言う。

16

「ほんとは棋道部じゃなくてサッカー部に入ろうと思ってたんですよね。中学までやってたんで」

その言葉と一緒にサッカーボールが来る。ゴロのパス。ショートパスだ。

「へぇ。そうなんだ」と言って、パスを返す。

ダイレクトで蹴ったので、ボールはやや左にそれる。

郡くんは素早くそのボールに身を寄せ、やはりダイレクトで蹴る。それはきちんと僕の足もとに来る。

「何で入らなかったの？」と訊く。

「ウチの高校、都立だけど、そこそこ強いんですよ。部員も百人近くいて」

「百人かぁ。レギュラーになるのは大変だ」

「レギュラーになれないのはいいんですけど。サボりづらいなと思って」

「そっち？」と笑う。

「強い部でサボると、本気で怒る部員とかいそうじゃないですか」

「棋道部にはいないの？」

「いないことはないけど。運動部的な怒り方はしないですよ」

というその言葉にまた笑う。運動部的な怒り方。何となくわかる。

郡くんと僕。荒川河川敷の少年サッカー場でサッカーをしている。先週の日曜に朱奈ちゃんと風斗くんとその手前まで来た少年サッカー場だ。グラウンドの一面を二人で贅沢につかい、パス交換をしている。練習ではない。ただの草サッカー。

僕が図書館から筧ハイツに帰ってくると、隣の隣の郡家からちょうど郡くんが出てきた。制服姿ではなく、ジャージ姿で。体がなまったら走るのだという。三日坊主を月一度みたいな感じ、だそうだ。

で、軽くやりませんか？　と誘われた。平日なら空いてるからと言うので、ここへ来た。

何度も目にしてはいたが、少年サッカー場に足を踏み入れるのは初めてだった。土のグラウンドではあるが、砂が交ざっているため、茶色というよりは白に見える。ゴールは小学生用。白いペンキがきれいに塗られ、ネットもたるみなく張られている。

「昔ここでサッカーをやってたんですよ」

「チームに入ってたってこと？」

「はい。リバーベッドＳＣ」

「リバーベッド。って、何？」

「河川敷です。河川敷サッカークラブ、ですよ。アルゼンチンのクラブで、リーベルプレートってあるじゃないですか。リバープレートとも言う。それをまねてつけたらしいです」

「リバープレートからリバーベッドか」

「ダサダサですよね。よそのチームの人に名前を訊かれて答えるの、恥ずかしかったですもん。そのまま河川敷ＳＣのほうがまだよかったですよ」

「チームは今もあるんだよね？」

「はい。一応、ＯＢなんで、正月に顔を見せに来いとか言われますよ」

「行くの？」

「行かないです。知らない子たちにＯＢヅラするのもいやなんで。しかも今は棋道部員ですからね。サッカーやってないのかよってツッコまれますよ、子どもたちに」

「サッカーの経験を将棋に活かしてますって言えば？」

「活かしてないですよ。将棋、弱いし」

「こないだは、ほんとに手を抜いてたわけじゃないの？」

「ないです。全力を出しましたよ」

「だとしたら、そもそも本気でやってないなかでの全力、なんだね」

「何ですか、それ」と郡くんが十メートル向こうで笑う。

「お父さんとお母さん、年末年始に帰ってきた?」と尋ねる。

「来ましたよ。父親の休みの関係で、年が明けてからでしたけど。三日ぐらいこっちにいて、戻っていきました」

「今年は受験だよね。それでもそのままなの?」

「そのままですね。母親がいても変わんないですし。と、母親自身がそう言ってました。唯樹はわたしがいても変わらないもんねって」

放任主義なのか、息子を絶対的に信頼しているのか。どちらかといえば後者であるように感じる。実際に郡くんと話してみて。

「こないだ言ったじゃないですか。ちよりと二人で家に入るのを筧さんに見られて、一緒に勉強すると言ったたって」

「うん」

「母親が筧さんのとこに新年のあいさつに行ったから、ひやひやしましたよ。ちよりを家に入れてることがバレるかと思って」

「バレなかった?」

「はい」

「言わないでしょ、大家さんは」

「たすかりましたよ。その話を聞いたら、母親はまちがいなく僕に何か言うんで」

「それは、言うんだ?」

「言いますね。勉強のことは言わないけど、それは言います」

郡くんからのパスが少し左にそれる。

そこはボールをトラップし、利き足の右に持ち替えて、蹴る。

「あのとき、カノジョではないって言いましたよね、ちよりが」

「言ってたね」

「僕に気をつかってそう言ったと思うんですけど。微妙なんですよね。一応、やってはいますし」

「え?」

「することはしましたよ、ちよりと」

「そうなの」

「はい。でも、いつもするわけではないです。というか、しないことのほうが多いです。というか、ほぼしないです。ああいうの、何なんですかね」

「ああいうの」

「裸になってどうこうっていう」

「どうこう」

「しなきゃしないで失礼なんですかね」

「どう、だろうね」

「前から、歳上の人に訊いてみたかったんですよ。よく芸能人の男女が同じ部屋に泊まったりして、いろいろ言われるじゃないですか。何もなかったはずがないとか、そういう関係でないはずがないとか。ほんと、わからないんですよね。男女って、同じ部屋に泊まったら必ずそういうことをするものなんですか？　同じ部屋にいるだけで必ずそうなるものなんですか？」

「うーん。そんなことを言う人は、自分がそうなんだろうね」

それ以上のことは僕もわからない。郡くんが言いたいことはわかる。大学時代の僕も、例のカノジョと付き合っていたころは似たようなことを思っていたから。

「一度したら、もうカレシカノジョなんですかね」

「うーん」

「しなければ、カレシカノジョにはなれないということなんですかね」

「うーん」

考える。そのあいだに、ボールは郡井川間を二往復する。

言う。

「するしないではなくて。ちよりさんが郡くんをカレシではないと本気で思ってると郡くん自身が思うなら、カレシカノジョではない。のかな」

それを聞いて、今度は郡くんが言う。

「うーん」

ボールは一往復。郡くんのほうが僕より頭がいい分、考える時間も短い。

「そう、ですよね」

「そもそもさ、カレシカノジョとか、決めなくていいんだと思うよ」

「決める必要はないってことですか？」

「必要がないわけではなくて。そういうのは自然に決まるものなんじゃないかな。この子が僕のカノジョですとすんなり言えるなら、そのときはもうカノジョになってる。はっきりした瞬間があるわけではないんでしょ。たぶん」

自分でそう言ってみて、あらためて気づく。だから大学時代のあのカノジョは僕のカノジョではなかったのだと。

「何となくわかりましたよ」と郡くんがこちらへボールを蹴りながら言う。「するしないに振りまわされる必要はないってことですよね？」

「そう、かも」

「井川さん、経験豊富ですね」

「いやいや。経験豊富じゃないやつが言うことでしょ、今のは」

その後しばらくは、黙ってパス交換をする。

郡くんからのパスは正確で、僕からのパスは不正確。郡くんは本当にサッカー部に入ればよかったのにな、と思う。

訊く。

「郡くんはさ、何かやりたいことがある?」

「将来的にってことですか?」

「うん」

意外にも、答はすぐに来る。

「会社をやりたいと思ってますよ」

「会社。何の?」

「それはまだ決めてないです。これから考えます」

「起業をしたいんだ?」

「というか、自分で何かしたいです。会社でなくてもいいんですよ。自分で始めたものなら、仕事も苦痛ではないと思うんですよね。一日十二時間でも働けるというか、サボるなんて発想はなくなるというか。難しいでしょうけどね。それができないから、みんな会社に入るんだろうし」

「すごいね、郡くん」

「何がですか?」

「高校生のころ、おれはそんなこと何も考えなかったよ。働きたくないなぁ、と思ってただけ。でも一方では、そうは言っても働くんだろうなぁ、とも思ってるんだよね。思ってるというか、あきらめちゃってるというか」

「それは僕も同じですよ。今は、訊かれたから答えただけです」

「おれなら答えられなかったよ。やりたいことある? ないです。で終わり」

「僕だって同じじゃないですか。何の会社をやりたいか答えられてないんだから。今の話で大事なのはそこですよね」

「そうだけど。高校生でそこまで決められる人はいないと思うよ」

「いるんじゃないですかね」

「え?」

「今の僕ぐらいのうちからそういうのがはっきりしてて、そこに向かっていける人だけが、ほんとの一流になるんじゃないですかね。そういう人は、もうスタートを切ってますすよ」

　あぁ、と言うつもりが、こうなる。

「おぉ」

感心してしまう。

「ほんとの一流、とか言っちゃいました。今の、聞かなかったことにしてください」

「郡くん、実はもうスタートを切ってるんじゃないの？」

「切ってないですよ。切ってるなら、そんなにいたくもない部にいたりサボったりしてません」

「それが郡くんのスタートの切り方なんでしょ。いたくない部にも、一応、いてみる。で、サボってみる」

「井川さんは、いつスタートを切りました？」

「恥ずかしながら、まだ切れてないよ」

「いや。自分で気づいてないだけで、たぶん、もう切ってますよ」

「ん？」

十七歳の郡くんが二十七歳の僕に言う。

「それが井川さんのスタートの切り方なんですよ」

17

『東京サムゲタン』を観に行った。

劇団『東京フルボッコ』の芝居のタイトルにはすべて頭に東京が付く。そもそも、東京の片隅で起こるとりとめのないことを描く、が劇団のコンセプトなのだ。

チケットを買ったときに、幾乃さんからそう聞いた。

十五日金曜のを二枚買いますよ、と言ったら、幾乃さんはとても喜んでくれた。二枚で二千円でいい、とも言ってくれたが、そこはがんばって四千円を払った。

『東京サムゲタン』は、シェアハウスで暮らす五人の話だ。

そのうちの一人が韓国人留学生。女性だが、その役をやるのが幾乃さんではない。幾乃さんは、そこに住む日本人の女性。主役であるカレシも日本人。そのカレシが韓国人留学生に強く惹かれてしまうのだ。

一幕物で、舞台はシェアハウスの居間。住人たちが集う場所だ。これといった舞台装置はない。木のテーブルと布張りのソファがあるだけ。そこに入れ替わり立ち替わり住人たちがやってくる。仲たがいをし、仲直りもする。

留学生役の女性も日本人で、ずっと片言の日本語を話す。幾乃さんはその留学生とも仲がいいが、カレシの心がそちらに移るにつれて、二人の関係は変わっていく。そして最後には、幾乃さんでも留学生でもなく、そのカレシがシェアハウスを出ていく。

正直、既視感があった。あれっと思いもした。前衛演劇などではない普通のお芝居と聞いてはいたが、舞台でやるからには何かしら尖ったものがあるのだろうと、勝手に思いこんでいたのだ。テレビドラマで見られるものをそこでも観せられるはずはなかろうと。

単なる恋愛感情のもつれが国籍のちがいから生じる軋轢《あつれき》に発展、ということはなかった。留学生は片言の日本語を話すただかわいいだけの人だった。役者さんの演技は総じてうまかったが、それだけに、もの足りなさは残った。

僕の隣には澄穂がいた。小劇場なので、肩が触れ合うくらい席と席は近かった。入りは六割程度。やろうと思えば、お客を数えてみることもできた。公演は三日。その前に何ヵ月も稽古をするはずだ。三公演すべてが満席になったとしても、儲けは出ないだろう。

芝居が終わると、パチパチと拍手が起きた。澄穂と僕も拍手をした。お客が少ないので、一人一人が大きな音を出す必要があった。

場内が明るくなってから見まわしてみたが、中条さんの姿はなかった。明日かあさってに来るのかもしれない。

上演時間はおよそ九十分。劇場を出たのは午後八時半すぎだった。

「ご飯食べよう」と澄穂が言った。「お酒も飲めるところで」

ごく普通の居酒屋に入った。ＪＲ新宿駅に近いチェーン店だ。

金曜夜の居酒屋は混んでいたが、どうにかカウンター席に座ることができた。二時間でお願いします、とあらかじめ店員に言われた。

「おれはビールにするけど、どうする？」

「わたしもビールでいい」

生ビールを二つ頼み、一分かからずに届けられたそれで乾杯した。

「おつかれさま」と澄穂が言うので、

「おつかれ」と僕も言い、
それぞれの中ジョッキをガチンと当てる。

「お芝居を観ただけだから、疲れてはいないか」

「でも新宿にいるだけでちょっと疲れるよ」

「確かに。電車から降りて改札を通るだけで疲れちゃう感じ、あるもんね。なんて言う前に、まず一口飲もう」

「うん」

飲む。一口と言わず、二口。

つまみは澄穂に選んでもらった。塩キャベツにポテトサラダに出巻玉子にサイコロステーキ。

それらは次々にやってきた。二時間制ですよ、わかってますね？　とばかりに。

「坪内さんてきれいだね。さすが女優さん」

「バイト先の人も言ってたよ、きれいだって」

「バイト先に来たの？」

「うん。コンビニだからね。みんな来るよ。それで、隣に住む人だと知った」

「あちらが気づいたんだ？」

「隣の人に聞いたみたい。おれがそこで働いてるって」

「その人と井川くんは知り合いなの？」

「知り合いではないかな。深夜にごみ置場で会っただけ。そのときに初めて話した」

「深夜にごみ置場で会って、話す？」

「何かそのときはそうなった。逆に誰もいないからさ、お互い何も言わないのも変なんだよね。同じアパートの住人だってことは何となくわかるし。どっちも深夜にごみを出しちゃってるから、ちょっと後ろめたいとこもあって」

「それはわかる。共犯関係みたいになったんだね。そこから始まって、今日のお芝居か」

「そう考えると、不思議だよ」

「人生って、そういうことの連続だよね。わたしと井川くんが会ったのも不思議なことの一つだし。わたしが井川くんに気づかないこともあり得たもんね。気づいたうえで声をかけないこともあり得た。わたしが声をかけなかったら、井川くんはわたしに気づかなかったでしょ」

「そうかも。そんなには見ないからね、周りを」

「気づいたとしても、声はかけなかったよね？」

「だろうね。自分から代理出席を明かすことになるから」

「でもあのとき声をかけたから、今わたしはここにいる。井川くんの隣に住む人が出るお芝居を観て、そのあとにこうしてビールを飲んでる」

「そのお芝居は、どうだった？」

「うーん」澄穂はビールをわかりやすくゴクリと飲んで、続ける。「正直に言うと、ちょっと拍子抜けしたかな。もっとわかりにくいものをやるんだろうと思ってたから。わたしたちはわたしたちの芝居をやってます、わかってくれなくて結構です、みたいな」

「おれも同じ。凡人には理解できないものを見せられるのかと思ってたよ」

「凡人でも、理解できちゃったよね」

「できた。凡人であることに自信が持てたよ。凡人が観に来ていい芝居もあるんだと思えた」

「わたしも」

澄穂がポテトサラダを食べ、ビールを飲む。僕もサイコロステーキを食べ、ビールを飲む。

澄穂が言う。

「でもそうだよなぁって、お芝居を観ながらずっと考えてた」

「ん?」

「やりたいことが特別なことである必要はないんだよなぁ、そうなるわけもないよなぁって。ほら、わたし、前に、やりたいことなんかないって言ったでしょ? 車が駐車場の壁を突き破って落ちてきた話をしたとき」

「あぁ。うん」

「それは要するに、やりたいことがないのはダメだと思ってたってことなのよね。やりたいことが何もない自分はダメだと思っちゃうっていう。で、それは要するに、人から見て特別なことをやりたいと思ってなきゃダメだってことなの」

「特別なこと、か」

「でもあのお芝居を観て、そうじゃなくていいのかもって思った。勝手に。少し気が楽になったよ。そりゃそうだよね。難しいお芝居をやりたい人もいるだろうけど、わかりやすいお芝居をやりたい人だっているよ」

ともにジョッキが空いたので、二杯めを頼む。僕はまたビール。澄穂は梅酒のソーダ割り。

やはりすぐに届けられたそれを飲んで、澄穂が言う。

「そうだ。忘れるとこだった」そしてカウンターの下の棚に置いていたバッグから小箱を取り、僕に差しだす。「はい、これ」

「何?」

「チョコ。昨日バレンタインデーだったから」

「あぁ。くれるの?」

「来る途中に思いだして買った。って、裏を明かしちゃったよ。高そうに見えてちっとも高くないから、もらって」

受けとる。裏を明かしてくれたから、受けとりやすい。

「久しぶりにもらうよ、チョコなんて」

と言いつつ、実は昨日ももらった。店の七子さんほか二人から。計三つ。

なかなかのモテっぷりだ。七子さんを含め、皆、おばちゃん。おばちゃんはきちんと義理チョコをくれるのだ。そういうのはバカらしい制度だからやめよう、などと言わずに。

その七子さんのダンナさん、大下宗威さん。どうにか再就職が決まったそうだ。ガラス製品を扱う会社だという。昨日、七子さんがうれしそうに言っていた。義理チョコをくれるときに。

「井川くんさ、やっぱりチケット代、払うよ」

「いいよ。おれが誘ったんだから」

「でもわたしが演技に興味があるみたいなことを言ったから誘ってくれたんでしょ？　実際、わたし自身、観たかったし」

「おれも一人では行きづらかったから。荻森さんの都合が悪かったとしても、誰かしら誘うつもりでチケットは二枚買ってたよ。だから気にしないで」

「じゃあ、この飲み代をわたしが出すよ」

「それじゃもらい過ぎだよ。ほら、こうやってチョコももらったしさ。って、チョコを勘定に入れちゃダメか。今のなし。でもほんとにいいよ。バイトだけど、そのくらいのお金はあるから」

「わたし、そんなつもりでは」

「ごめん。おれもそんなつもりじゃないよ。今のもなし」

「じゃあ、今度何かでわたしが誘うときは、おごるね」

二時間制で、残りは三十分。そろそろ締めのおにぎりなりデザートなりを頼もうかとメニューに手を伸ばしたとき。

澄穂がぽつりと言う。

「わたし、プロポーズされた」

「え?」

「高村くんに」

「いつ?」

「三日前」

「別れた、んだよね?」

「そうなんだけど。そのあとにもいろいろあって。福岡についてきてほしいって言われた」

「福岡。異動するってこと?」

「そう。まだ内示の段階。意思を確認されたっていうことみたい。転居を伴う異動だから。でもほぼ確定だって、高村くんは言ってた」

「九州か」

「福岡が本社の会社だから、悪い話じゃないの。大学はこっちだったけど、高村くん、福岡の人だし。そもそも、だからその会社を受けたの。異動が福岡なら悪くなかったていうくらいの感じで。でも東京で働くうちに、戻りたい気持ちが強くなったみたい。実は異動の希望も出してたんだって」

「で、通ったんだ？」

「そう。で、一緒に来てほしいって」

「行くの？」

「行かない。さっきの話じゃないけど、カレシの異動を機に結婚してそれまではまったく知らなかった町で暮らすっていうのは、わたしのやりたいことじゃなかった」

元カレシではなく、カレシ。あくまでも便宜的に言っただけだろうが、その言葉が耳に残る。

「福岡に住んだことがある人は、福岡は住みやすいって言うよね」

「うん。それは高村くんも言ってた。そうなんだろうなって、わたしも思う。でも、東京を知っちゃってるからね」

あと二十分ぐらいはあるはずだが、寄ってきた店員にこんなことを言われる。

「すいません。そろそろ二時間なので」

午後八時半すぎに入っても二時間制が適用されるのだから新宿はすごい。来店したお客さんに、二時間後には帰ってくださいよ、とあらかじめ言う。まさに東京だ。いや。福岡でも、そのくらいのことはあるか。

二人で席を立つ。

イスの背に掛けていたショートコートの袖に腕を通しながら澄穂が言う。

「わたしも仕事やめちゃおうかな。井川くんみたいに。それで、『東京フルボッコ』に入る」

自分のことは棚に上げ、言ってしまう。

「やめないほうがいいんじゃないかな。どうしてもやりたいことがあるなら別だけど」

人は他人には一般論を言う。

例えばの話、自分が飛び下り自殺をするときに同じことをする人が隣に来たら、やめなさい、と言う。そんなふうに刷りこまれているのだ。

自殺をしてはいけないと刷りこまれるのはいいとして。やりたいことがなきゃいけないと刷りこまれるのは、どうなのだろう。

「『東京フルボッコ』に入るのは冗談としても。代理出席のアルバイトは一度やってみたいな」

「会社が副業を認めてくれるなら、勤めながらでもやれるよ」そして僕は自分でも意外なことを言う。「まあ、一度やれば充分だと思うけどね。何者でもない誰かになるのは、そう楽しくもないから」

18

筧ハイツの二〇二号室の戸田家には、もうすでに何度も入った。

それだけでも充分驚きだが、ついに車にも乗った。ヘリオスゴールドパールメタリックのスズキイグニスではない。リフレクティブオレンジメタリックのスズキワゴンR。藍奈さんの車だ。

土曜日の朝、朱奈ちゃんと風斗くんが二〇二号室にやってきた。たぶん、戸田さんが迎えに行った。そして午後六時すぎ、今度は藍奈さんが迎えに来た。

そのころには僕も仕事を終え、自分の部屋に戻っていた。

だから、藍奈さんと朱奈ちゃんと風斗くんが二階から階段を下りてくるのがわかった。三人の声に続き、戸田さんのイグニスとは微妙にちがうワゴンRのエンジン音が聞こえてくるものと思っていた。

が、聞こえてきたのはこれだった。

ウィンウォーン。

さすがに無視はせず、受話器をとった。

「はい」

「カンちゃ〜ん」という朱奈ちゃんの声とともに、藍奈さんの声も聞こえてくる。

「カンちゃん。戸田ですけど」

「どうも」

「いるってことは、仕事は終わったってことだよね？」

「はい」

「ご飯はまだでしょ？　牛丼食べに行かない？」

「え？」

「わたしたち、今から晩ご飯なの。車に乗せてくからさ、一緒に行こうよ。帰りもちゃんと送るから」

「いや、でも」

「朱奈と風斗がカンちゃんと食べたいって言うの」

「それはうれしいですけど」

「もし迷惑でなければ」

「迷惑なんて、そんな」

「じゃ、行こ」

「いいんですか？」

「いいも何も。誘ってんのはこっち」

出ていった。

もちろん、戸田さんの車で行くものと思っていた。が、当人の姿はない。

「あれ、戸田さんは」

「ダウン。カゼひいたみたい。お昼前から調子がよくなかったんだって。寒けがして、お腹にも来ちゃって。食欲なし。牛丼は無理みたい」

「なのに僕が行っちゃって、だいじょうぶなんですか？」

「うん。カンちゃんを呼べばって言いだしたのはパパだもん。朱奈と風斗は後ろだから、カンちゃんは助手席に乗って」

「はい」

ワゴンRのドアを開けて乗りこみ、シートベルトを着ける。

車に乗ること自体が久しぶりだ。運転免許を持ってはいるが、車を持ったことはない。レンタカーやカーシェアリングを利用したこともない。

後部座席に取り付けられているチャイルドシートに風斗くんが座る。朱奈ちゃんはその隣だ。

車を出して、藍奈さんが言う。

「駅前の店は駐車場がないから、離れたほうに行くね。国道沿いの、テーブル席があるほう」

「はい。牛丼屋は、よく行くんですか?」

「行く。朱奈と風斗と三人なら千二百円ぐらいで食べられるから。おもちゃが付いてくるお子様メニューもあるし」

「藍奈さん、料理は」

「するよ。といっても時間がないから、おかずはほとんど冷凍食品。レンチンばっか」

「レンチン」と朱奈ちゃん。

「チンチン」と風斗くん。

「チンチン言わない」と藍奈さん。

「おチンチン」

「おを付けろって言ってんじゃないの」

それにはつい笑う。

言った藍奈さんも笑っている。

「バカ風斗」

「朱奈も、バカって言わない」

「だって、バカなんだもん」

「バカじゃありませんね」という風斗くんのその言い方にまた笑う。

藍奈さんが僕に言う。

「子どもは何でおチンチンて言いたがるんだろうね」

「うーん。もの自体がおもしろい存在だってことなんですかね、子どもにしてみれば」

「大人にしてみれば、厄介な存在だけどね。みんながそれに振りまわされちゃう。付いてる男も、付いてない女も」そして藍奈さんはさらに際どいことを言う。「いっときの欲とか、ほんと、どうにかしてほしい」

「イットキノヨク」とおそらくは意味がわからないまま、朱奈ちゃん。

「イットキ〜」とおそらくはただ語感が気に入って、風斗くん。

「いつもこんなですか？　車のなか」

「そう。こんなふうにしゃべってるか、寝てるか。朱奈が寝ると、風斗もつられて寝ちゃうことが多いかな」

荒川と中川を相次いで渡り、車は右車線に移る。そして右折レーンに入り、信号で停まる。

「藍奈さん、運転うまいですね」

「そんなことないよ」

「いえ、うまいですよ。僕がこれまで乗せてもらった女の人のなかでは一番かも」

「何、カンちゃん、そんなに女の人の車に乗せてもらってんの？」

「そうじゃないですけど。母親とか伯母さんとか、友だちのお母さんとか。そのなかでは一番ですよ。発進も停止もスムーズだし」

「小さい子を乗せてると、自然と気をつかうのよ。動くたびにガクガクやってたら酔っちゃうから」

「わかります。僕も酔ってました。伯母さんが運転するときは特に。だからやっぱり藍奈さんはうまいんですよ」

「そう言われるとうれしい。ありがと」

信号が青にかわり、車はスムーズに動きだす。対向車がなくなるのを待って、右折。そしてすぐに牛丼屋の駐車場に入り、駐まる。

「はい、到着。朱奈、風斗、降りて。気をつけてよ。周り見てね」

「は～い」と朱奈ちゃん。

「牛ど～ん」と風斗くん。

車から降り、四人で店に入る。

すでに混みだしてはいるが、まだ七時前、満席ではない。四人掛けのテーブル席に空きを見つけ、そちらへゴー。

藍奈さんと風斗くんが並んで座り、僕と朱奈ちゃんが並んで座る。

その配置はちょっと意外だ。朱奈ちゃんと風斗くんが並んで座るのかと思っていた。風斗くんの手だすけができるよう藍奈さんが隣に座る、ということらしい。僕の位置にいつもは戸田さんが座るのだ。

「牛丼屋でテーブル席に座るのは初めてですよ」と藍奈さんに言う。「一人ならカウンターだし」

「わたしは一人で牛丼屋に来たことがないかな。結婚する前もないし、結婚してからもない」

お茶を持ってきたあと、店員がすぐに注文をとりに来ることはなかった。それも一人のときとは勝手がちがう。家族連れだからそうなるのだ。

実際、注文する品の選定には時間がかかった。

お子様向けメニューは四つしかないが、風斗くんはなかなか決められなかった。迷っているというよりは、そもそも決めようとしていない感じだ。

でも藍奈さんの誘導でどうにか決定。お子様カレーセットに落ちついた。牛ど～ん、とはしゃいでいたのにそれ。やはりカレーは強い。

朱奈ちゃんはお子様牛丼セット、藍奈さんはとりそぼろ丼のサラダセット、僕はねぎ玉牛丼のサラダセット。

注文さえしてしまえば、あとは速かった。二人の店員の手で、四つのトレーが相次いで運ばれてきた。

朱奈ちゃんと風斗くんのセットには、それぞれ小さめの器に盛られた牛丼とカレーのほかに、紙パックのジュースとカットりんごとおもちゃが載せられている。おもちゃはアニメキャラクターの人形だ。

早くもその人形に心を奪われる風斗くんに、藍奈さんが言う。

「ほら、風斗、先に食べる」

風斗くんは人形を置いて銀色のスプーンを手にし、カレーとライスを混ぜはじめる。

それを藍奈さんが横から手伝う。そして僕に解説する。

「子どもはやっぱりカレーライスを混ぜたいのね。別々はまだダメなの」

「僕も子どものころはそうでしたよ。確か小学校の高学年ぐらいで、カレーとご飯を分けたい派が出てくるんですよね。でも僕は中学まで混ぜたい派だったような」

それぞれにいただきますを言って、食べはじめる。朱奈ちゃんも風斗くんも、そこは促されずに自ら言う。朱奈ちゃんは、いただきます。風斗くんは、いっただっきま～す。

風斗くんのスプーン扱いはまだまだぎこちない。持ち方は正しいが、器用につかえはしない。だから藍奈さんは自分のとりそぼろ丼を食べながら風斗くんを見てばかりいる。

対して、朱奈ちゃんはもう安心。藍奈さんの手を煩わせることはない。フォークで器用に牛丼を食べる。女子だなぁ、と感じる。

「カンちゃん、牛丼好き？」と朱奈ちゃんに訊かれる。

「うん。好き。朱奈ちゃんは？」

「好き。パパも好きだよ。牛丼ばっかり食べてる」

「男で牛丼がきらいな人はいないだろうなぁ」

「仕事の日のお昼も、二回に一回は牛丼らしいよ」と藍奈さん。「安いからでもあるだろうけど」

「確かにそうなっちゃうんですよね。僕も会社に勤めてたころはそうでした。外まわりのときに、何食おうかなぁ、と思って、ランチで八百円は高いよなぁ、となって、牛丼でいいや、と。パンをつくる会社にいたのに、昼は牛丼てことも多かったですよ」

「カンちゃん、パンをつくる会社にいたの？」

「はい」

「実際につくってたわけ?」

「いえ、売るほうですね。営業です」

社名を訊かれたので、答えた。

「大手じゃん。よく買ってるよ。食パンに、あと菓子パンも。メロンパンとかクリームパンとか、あんことマーガリンを挟んだやつとか」

「ありがとうございます。って、今言うのも変ですけど」

「そこをやめちゃったのかぁ。もったいないね」

子どもたちがいるからか、藍奈さんもやめた理由までは訊いてこない。でもこうは言う。

「今、仕事を探してるの?」

「探してはいないですね」

「いずれ探す?」

「どうでしょう。まあ、探すんですかね」

「探しなよ。探して、落ちついて、いずれはお父さんになりな。カンちゃんはいいお父さんになると思うよ。朱奈と風斗もすぐなついたしさ」

「それは僕の力じゃなく、ものおじしない朱奈ちゃんと風斗くんの力ですよ」

「まあ、あのパパの子どもだからね。ママのわたしもこんなだし。でもカンちゃんは、わたしたちよりずっといい親になりそう」

「それはないですよ」

「なくないよ。きちんとしてるもん。部屋も片づいてたし」藍奈さんはお茶を一口飲んで言う。「子どもはね、いいよ。ただいいとしか言えない。目が合うでしょ？　で、笑う。それでもう充分」

朱奈ちゃんが自分の牛丼の牛肉をフォークで刺し、風斗くんのカレーライスに載せてやる。風斗くんがほしがったわけでもないのに、そうする。にく～、と風斗くんが言う。

何だかちょっと感動する。代理出席した披露宴で女子高生たちのうたとダンスを見たときみたいに。いや、あのとき以上に。

「ウチのパパもカンちゃんみたいにしっかりしてくれてたらなぁ、と思うよ」

「戸田さんのほうがずっとしっかりしてますよ。僕はただのバイトです」

「人としてはカンちゃんのほうがしっかりしてるよ。だって、浮気なんかしないでしょ？」

「それは、まあ」

戸田さんも藍奈さんも、子どもたちの前でごく普通にそんな話をする。子どもたちがまだ小さいからなのか。それとも、自分たちのことを何も隠さないと決めているからなのか。

隣をチラッと見る。

朱奈ちゃんは、自分があげた牛肉をスプーンですくおうとしている風斗くんに、フォークつかうの、と指導している。

「もう一つ部屋を借りるとか、すごく無駄。でも、そうするしかなかったのよね。でなきゃ終わってた」

離婚とか別れるとかいう言葉を避けたのだと思う。それは朱奈ちゃんに伝わってしまうだろうから。

ただ、これでも充分伝わっているかもしれない。朱奈ちゃんは聞いてないふりをしているだけかもしれない。

「わたしさ、結婚しても仕事はやめたくなかったの。でも朱奈を産むときにやめざるを得なくなって。産んだら、一年で風斗ができて。パパは、風斗が小学校に上がるまでは無理して働かなくてもいいって言ったの。でもわたしは美容師免許があるから働きたくて。そこでまずもめた」

「そうなんですね」

「パート採用もあるっていうんで、今のとこに勤めたの。そしたらパパのあれ。結果的に、働いておいてよかった」

　話をしながら、ねぎ玉牛丼を食べ進める。女性の前だからか、食べ方がきれいになる。ワシワシかきこまなくなる。そのせいで、細かな青ねぎが食べづらい。

「わたしは、動いてたいのよね。人の髪を切るの、好きだし。荒れてたものが整っていくのって、気分がいいのよ。一人一人に時間をかけられない千円カットの店に慣れるのは、結構大変だったけど」

「僕もよく行きますよ。安いのはほんとにたすかるんで」

「どこかの店でわたしがカンちゃんの髪を切ったこともあるのかもね」

　朱奈ちゃんがフォークで牛丼を食べる。

　風斗くんがスプーンでカレーライスを食べる。

　藍奈さんがとりそぼろ丼を食べる。のを中断して、風斗、服にこぼさないでよ、カレーは落ちないからね、と言う。

　不思議な気分になる。まさに代理出席をしている感じ。ただし、今の僕は僕自身。実在しない永井寛哉でも武田朋樹でもない。実在する井川幹太だ。

　箸を止め、言ってしまう。

「戸田さんは藍奈さんのこと、すごく好きだと思いますよ」

「ん？　何て？」

「いや、あの」くり返す。「戸田さんは藍奈さんを、すごく好きですよ」

藍奈さんは僕を見てきょとんとする。

「カンちゃん、パパに雇われてんの？」

「雇われてませんよ」

「何か頼まれてるとか」

「頼まれてもいません。僕がそう思っただけです。でも合ってる自信はありますよ。戸田さんは実際にそんなことを言ってましたし、そうなんだと僕も思います」

藍奈さんだけではない。朱奈ちゃんまでもが僕を見ている。聞いてないふりはしない。がっつり見ている。

風斗くんだけが、目の前のカレーライスを見ている。カレー辛ぇ、と言っている。お子様カレーだから甘口のはずなのに。

藍奈さんが言う。

「カンちゃんとパパって、そんなに仲いいの？」

「仲よくはないですけど。それどころか戸田さんのことはほとんど何も知らないですけど。でもそれはわかります。近くないからわかることもありますよ。戸田さんは、朱奈ちゃんのことも風斗くんのこともすごく好きですよ。二人のママである藍奈さんのことは、ムチャクチャ好きですよ」

「好きだって。ママ」と朱奈ちゃん。

藍奈さんはお茶を一口飲む。そして言う。

「朱奈はパパが好き？」

「好き」

「風斗は？」

「何？」

「パパが好き？」

「好き。カレーも好き」

「カレーとパパなら？」

「うーん」ためにためて、風斗くんは言う。「パパ」

「僅差かよ」と藍奈さんが笑う。

それを聞いて、僕も笑う。

朱奈ちゃんまでもが笑うのを見て、風斗くんも笑う。

牛丼を食べ、サラダも食べる。みそ汁を飲んで、お茶も飲む。

久しぶりに、自分がとった行動に驚いている。

荒川の河川敷で犬の飼主に文句を言ったときは、反射的に動いた。

でも今は、動くべくして動いた。たかだか三ヵ月前までは憎悪の対象と言っても過言ではなかった戸田夫妻の関係修復のために。

19

まず荒川の広い河川敷を歩く。そこから島の北端をまわる感じで旧中川のそう広くはない河川敷も歩く。ラーメン屋であんかけのもやしそばを食べる。図書館で本を借りて喫茶『羽鳥』で読む。

それがここ最近の僕の休日ゴールデンコースだ。

今日借りたのは一冊。横尾成吾《よこおせいご》という作家の小説『脇家族』。父と母と息子と娘の四人が四人ともそれぞれの居場所で脇役に甘んじている家族の話、らしい。

前に読んだ『三年兄妹《きょうだい》』と『百十五ヵ月』がおもしろかったので、今回はそれを借りた。デビュー作だという。

考えてみれば、三冊とも家族小説だ。横尾成吾は人気作家ではないようで、借りられていることはあまりない。だから本そのものもきれい。ありがたい。

今日の喫茶『羽鳥』は静かだ。テレビの音はしない。

新聞に続いて『脇家族』を五十ページほど読んだあたりで、菊子さんが僕のテーブルにやってくる。そして今回もピーナッツの小袋をくれる。

「はい、これ。食べて」

「ありがとうございます。いつもすいません」

「こっちこそ、いつも来てもらってすいませんよ」

菊子さんが初めてピーナッツをくれたのは去年の十二月。以降、僕は二度この喫茶『羽鳥』に来ているが、二度とも小袋が出てきた。常連客として認められたようで、ちょっとうれしい。

「井川さんはいつも本を読んで偉いねぇ」

「ただのエンタメ小説ですよ。堅苦しくない、娯楽小説です」

「何にしても偉いよ。わたしはもう小説なんか読まないもんね。目が悪くなってきたから、文字が小さいのがダメなのよ」

「単行本なら読めるんじゃないですか？」

そう言って、僕はちょうど開いていた『脇家族』の五十六、五十七ページを見せる。

「いやぁ、ダメダメ。小さいよ。でもわたしに限らずさ、最近の子は、小説どころか、漫画も読まないよね。そこの棚に置いてある漫画、誰も手にとらないよ。前は大人だって読んでたもんだけど」

「スマホで読んでるのかもしれないですね」

「あぁ。今はみんなそうだもんねぇ。五人いるお客さんが五人ともあの画面を見てたりするよ。あれ、何してんの？」

「漫画を読んだりゲームをしたり、サイトを見たりＬＩＮＥをしたり、かと」

「漫画とゲームしかわかんないよ」

「今は女の人もゲームをしますからね。いろいろな種類のものがあるので」

「時代は変わったねぇ」

「これからはもっと変わるんじゃないですかね」

「そうなんだろうね。わたしなんか生きていけなくなっちゃうよ。こないだもニュースでやってたけど、この先、現金とかつかえないようになっちゃうんでしょ？」

「その流れではありますね」

「そうなったらさ、わたし、お客さんからどうやってお金もらうの？」

「スマホで決済、とか」

「わけわかんない。そうなる前にこのお店は閉めちゃうしかないよ」

「すぐには閉めないでくださいよ。僕は来ますから」

「ありがとう。でもいつまでやれるかねぇ。ああは言ったけど、実際にお客さんが五人いることなんてないからね。井川さんも見たことないでしょ？　そんなの」

「僕は、空いてそうな時間を狙って来ますので」

「狙わなくていいよ」と菊子さんは笑う。「いつ来ても空いてるから」

「それは、何というか、たすかります」

「ほんと、どうしようかと思ってるよ。わたしがやれるのもあと何年かだろうし」

「お子さんが継いだりは」

「ないない。息子は会社に勤めてるし、ここに住んでもいないから。ただ、孫が店に興味を持っててね。閉めるのはもったいないからいずれ自分がやりたいみたいなことを、息子に言ってるらしいよ。どんなふうにするのか知らないけど、いろいろ造りかえたいとかって」

「それは、いいですね」

「でも場所が場所だからね。住宅地で、駅からは離れてるし」

「お孫さん、おいくつですか？」

「十七歳。高校二年生の男の子」

郡くんと同じだ。

「だからまだ先の話だけどね。でも本気は本気らしいよ。製菓学校とかいうのに行くことも考えてるみたい」

将来はパティシエになる。今の段階でそう決めているなら、確かに本気だろう。

郡くんふうに言えば、もうスタートを切ってる人、なのかもしれない。

「本当にいいんじゃないですかね。おいしい手作りケーキが売りということであれば、多少遠くてもお客さんは来るでしょうし」

「井川さんも、喫茶店をやりたくなったら言ってよ。この店、売るから」

「僕にそんなお金はないですよ」

「井川さんにならすぐにでも売るのに。そうすればもめないから」

「何かもめてるんですか？」

「息子は孫を普通の大学に行かせたがってんの。だから変に孫を焚《た》きつけて息子に怒られても困るし、孫にこの店で失敗されても困る。どうしたもんかねぇ」

「羽鳥さんご自身は、どうしたいんですか？」

「うーん。孫が店をやってくれたら、やっぱりうれしいだろうねぇ」

「そのお店にも、僕は来ますよ」

「そうしてくれたらたすかるよ、ほんとに。またいろいろ話しちゃった。邪魔してごめんね。ごゆっくり」

菊子さんはカウンターに戻っていく。

と思いきや、振り向いて、僕にこう尋ねる。

「あ、そうだ。井川さんさ、テレビ見ていい？」

「はい。どうぞ」

菊子さんがカウンターに戻り、壁の向こうでテレビがつけられる。笑った。聞こえてきたのが沢口靖子の声だからだ。

ピーナッツを食べたあとも、『脇家族』を読み進めた。

百ページを過ぎたあたりで本を閉じる。そして菊子さんにコーヒー代四百円を払い、また来ますと言って喫茶『羽鳥』を出た。

前はこのタイミングで郡くんとちよりさんと会ったのだな、と思いながら高校のわきを歩き、今日は会わないまま筧ハイツに着く。

戸田さんのイグニスの隣に見慣れない車が駐まっていた。

宇都宮ナンバーの白いセダン。トランクが開いている。

一〇三号室のドアも開いている。僕の隣、中条さんの部屋。明らかに出入りがある感じだ。

ちょうどそこから小さな箱を手にした六十代ぐらいの女性が出てきたので、つい声をかけた。

「中条さん、引っ越されるんですか？」

女性が足を止めて言う。

「あぁ。はい。このアパートのかたですか？」

「隣に住んでます。井川です」

「それはどうも。息子が大変お世話になりまして」

「あ、いえ」

一〇三号室のなかに向けて女性が言う。

「お父さん、お隣さんですって。イガワさん」

すぐに部屋からやはり六十代ぐらいの男性が出てきて、女性と並ぶ。

まさにお父さんとお母さんという感じのお二人だ。どちらも白髪交じりで小太り。お父さんのみ、銀縁のメガネをかけている。

「これはこれは。息子が大変お世話になりました」とお父さんもお母さんと同じことを言う。

「いえ、これといったことは何も。あの、引っ越されるんですか？　中条さん」と僕も同じことを言う。

「まあ、はい」とお母さん。

「亡くなってしまいましてね」とお父さん。

「えっ？」とさすがに声を上げてしまう。「中条さんが、ですか？」

お父さんがうなずく。でもそれだけ。先は続かない。

言葉、これで合ってるよな、と思いながら言う。

「えーと、ご愁傷さまです」

「ありがとうございます」とお父さん。「ですから、わたしと家内でこうして片づけを。退居しなければいけませんので」

中条さんと最後に会ったのは二週間ほど前。まさに今いるこの場所で立ち話をした。中条さんも『東京サムゲタン』を観に行ったことを聞いた。

芝居の感想は僕のそれとほぼ同じ。何かテレビドラマみたいだったね。でもそういうものとして楽しんだ。知ってる人が出てたから、それだけで充分楽しめたよ。

坪内さんとは知り合いなんですか？　そう尋ねると、中条さんはこう答えた。知り合いというか、まあ、隣人だよね。井川くんをあいだに挟んでるけど。

カノジョだとは言わなかったし、僕もそんなふうには訊かなかった。実際のところどうなのかわからない。隣人。その言い方で、カノジョではないのかな、と思った。

「息子のことはご存じでしたか？」とお父さんに訊かれる。

「はい。お名前だけ知ってるという感じですけど。でも会えばあいさつはしましたし、少しはお話も」

「そうですか。じゃあ、ここでは楽しくさせていただいてたんですね。息子がご迷惑をかけたりしてなければいいんですが」

「それはまったく。中条さんは、そういうかたではなかったですし」

「でも親不孝ですよ。先に逝っちゃうんだから」とお母さん。

「おい」とお父さんがたしなめる。

何故亡くなったのかは訊けない。突発的な病気だったのか、何らかの事故だったのか。そのどちらかなら、言うような気がする。口にしたくないのだという意思を、お二人からは感じる。

僕がただただとまどっていると、お母さんが言う。

「自分でやりたいことがあったみたいで、会社をやめちゃってね。わたしたちもあとで聞いたの。やめてから」

お母さんは社名まで挙げた。下着で有名な会社だ。僕もそこ製のボクサーパンツを持っている。というか、今この瞬間も穿いている。

「あの子がなりたかったの、あれ、何て言った？」

お母さんにそう問われ、お父さんが答える。

「書評家だ」

「でもなかなかうまくいかなくてね」

「うまくいくわけがないんだ、そんなの」

「そのことは、僕も中条さんに聞いてました。話の流れでたまたま聞いただけではありますけど」

「そうですか。周りの人に言ってたなら、本気だったのね」とお母さん。

「本気ならうまくいくというものじゃない」とお父さん。

「でも最期まであの子が好きにできてたなら、それでいいですよ」

対してお父さんは何も言わない。いいとは言わない。でもよくないとも言わない。

僕も父を亡くしているが、それとはわけがちがう。父は当時四十三歳。早かった。中条さんはもっと早い。三十代前半の息子さんを亡くす。耐えがたい悲しみに見舞われたと思う。悲しみは今も続き、この先も続いていくと思う。

でもお二人が僕の前で涙を流すことはなかった。涙はもう涸れてしまったとでもいうような、どこか淡々とした感じがあった。受け入れたというのともちがう。ただあるがままになっている感じだ。

「ここしばらくは」とお父さんが僕に言う。「部屋に出入りすることになると思います。うるさくしてしまったらすいません」

「だいじょうぶです。お気になさらないでください。お隣の音はほとんど聞こえませんから」そして僕は言う。「あの」

「はい」

「中条さんの下のお名前を、聞いておいてもいいですか？」

お二人がやや驚いて僕を見る。

「何というか、中条さんのことをちゃんと覚えておきたいなと思って。僕はたまたまアパートの隣の部屋に居合わせただけですけど、親しみは、感じてたので」

「そう言ってもらえてうれしいです」とお父さん。「ノブオキです。延長の延に芝居の興行の興で、延興」

「中条延興さん」

「はい。たまたまアパートのお隣さんになっただけだとしても、それはやっぱり縁だから、延興のことを覚えててくれたらうれしいですよ。わたしらなんかは、老い先が短いもんで」

「いえ、そんな」

「そちらはイガワさんでしたか」

「はい」

「イガワ何さんですか?」

「幹太です。井戸の井に川に木の幹に太いで、井川幹太です」

「井川幹太さん。わたしらも延興の最後のお隣さんとして覚えておきます。どうもありがとう」

「いえ。僕なんかはもう、ほんと、何者でもないので」

「そんなことはないですよ」とお母さんがきっぱり言う。「生きてさえいれば、人は何者でもあります」

中条さんがライターをやることに反対していたお父さんと、密かにみかんを送っていたお母さん。中条さんとあいさつをしていたときよりもずっと深く頭を下げて、僕はお二人と別れた。

玄関のドアを開け、自分の部屋に入る。静かにドアを閉め、しばらくしてから静かにカギをかけた。

たまたま隣に居合わせただけの中条さん。ほぼ何も知らない中条さん。その死。でも何か揺れる。父のときとはまたちがう揺れだ。

その日のうちに、僕は部屋で『脇家族』を読み終えた。

話の最後で、四人は一つの家族として陽の当たる場所に出そうになるのだが、自分たちの道徳観を優先させ、結局は出ない。悪くないラストだと思った。中条さんの書評を読んでみたかったな、とも。

そして気づく。

僕は中条さんのことをほぼ何も知らない。ただの隣人なのだから当然だ。

でも僕は自身の最も近くにいた人たち、両親のことさえ、ほぼ何も知らない。

20

単なる思いつき、としか言いようがない。でも動いた。考えるな。動いてしまえ。と思ってしまった。

久しぶりに、僕は相模原市を訪れた。

父の死後一人でマンションに住んでいた母が再婚してそこを出て以来だから、ほぼ八年ぶり。もう来ることはないと思っていた。

僕が住んでいたのは古淵だが、今日降り立ったのはその隣、ＪＲ淵野辺《ふちのべ》駅。

目的地は、そこから歩いて五分のところにあるスナック『船』。名前は知っていたが、正確な場所までは知らなかった。ママを務めるのは、船木雅代さん。父の浮気相手。母との離婚を決意させた相手。でも病を知って父から離れてしまった人。父を捨ててしまった人。

淵野辺に繁華街はない。古淵同様、駅前にいくつか店があるという程度。それでもスナックはスナック。僕が行ったことのない店。さすがに少し、いや、かなり緊張した。

駅から歩くこと五分。あっさり着いてしまった。アプリの地図を見ているのだから、まちがえようがなかった。

住宅地。周りにはマンションやアパートがあり、一戸建てもあった。コインパーキングもあった。妙に安心した。スナックといってもこっちの類か。そんなふうに思えた。

二階建ての一階が店。二階は人が住めるようになっているらしい。その意味では喫茶『羽鳥』に似ている。茶色の木のドアのわきに、黒地に白でスナック船と書かれた小さな看板が掛けられていた。

午後五時すぎというこの時間に店が開いているとは思えない。でも営業時間中に来て、ほかのお客さんがいるところで船木雅代さんと話すのはいやだった。事前に電話連絡をする気にもなれなかった。とりあえず行けば何かわかるだろうと思い、来てしまった。

ドアノブを手前に引く。カギはかけられておらず、ドアはすんなり開いた。キィ、という蝶番《ちょうつがい》の音が鳴る。

明かりは点けられているものの、店内は薄暗い。イメージどおりの、スナックの薄暗さだ。

出入口のすぐ近くにあるカウンターのなかからこんな声が聞こえてくる。

「まだなんだけど」

そして声の主が下からヌッと姿を現す。内側でしゃがんでいたらしい。

母より二歳下だから、今五十一歳。ややふっくらした女性だ。髪が茶色い。藍奈さんよりも茶色い。すでに化粧もしている。肌は白く、唇はくっきりと赤い。

「でも来てくれたんならもう開けるわよ」

「いえ、あの、お客というわけでは」

「ん？　じゃあ、何？」

僕はまだ敷居のところに立っている。開けたドアに体を挟まれるような形で。

何？　と訊かれてどう答えるべきなのか。考えをまとめられないままに言う。

「えーと、井川です。昔、古淵に住んでた」

「もしかして、市役所の井川さん？」

もしかして、というその口調に抑揚は感じられない。

「その井川だと思います。たぶん」

「太二さん。の息子さん？」

「はい」

「名前、何だっけ。えーと」

「幹太です」

「そう。幹太だ。幹太くん」

「知って、ますか」

「そりゃ知ってるわよ。聞いてたし。どうしたの？」と案外軽く訊かれる。

「どうしたということもないんですけど。一度来てみようかと思って」

「でもお客さんではないのね？」

「まあ、お客みたいなものです」

「もう何年？」

「はい？」

「お父さんが亡くなって」

「えーと、十年です」

「そんなになるか。わたしも五十を過ぎちゃうわけね」そして船木雅代さんは言う。「入るなら入って。寒いから」

「あ、すいません」

「わたしが寒いからって意味じゃないわよ。あなたが寒いからって意味」

なかに入り、ドアを閉めた。外からの光が遮られ、店内はより薄暗くなる。

「適当に座って」

「はい」

六つあるカウンター席の一つに座る。手前から三つめ。カウンター内にいる船木雅代さんと話がしやすそうな辺りだ。丸イスはやわらかい。が、背もたれはない。店内を見まわす。壁際にはテーブル席が二つ。二人掛けだが無理をすれば四人でも座れる、といった席だ。つまり最大でも定員は十四人。広くはない。

出入口寄りの壁に操舵輪《そうだりん》が掛けられている。船乗りが、面舵いっぱ～い、と言って右にまわすあれだ。

僕の視線に気づいたのか、船木雅代さんが言う。

「店の名前を『船』にしちゃったから飾ったのよ、船っぽいものを。オールと迷ってこっちにしたの。オール一本じゃ、何だかわかんないから」

「高いんですか？」

「安い。アンティークショップで買ったんだけど、店主が知り合いだから負けてもらった。ほとんどタダ同然。でも高く見えるでしょ？」

「見えます」

「装飾品なんてそんなもんよ。見せ方でいかようにもなる。料理と同じ」

「はぁ」

実は安物だと見極められるか。操舵輪をしばし見つめ、無理だとあきらめて視線をカウンター内に戻す。

目の前に瓶ビールが置かれる。次いでコップも。ラーメン屋などにあるタンブラータイプのあれだ。

「え？　いや、あの」

言っているうちに船木雅代さんがビールを注いでしまう。

「お客みたいなものなら飲みものを出さないのも変だから。で、ウチの飲みものはこれ。コーヒーみたいに気の利いたものは出せない。って、実は出せるけど、出さない」

船木雅代さんはもう一つのコップにもビールを注ぐ。そして片方を手にすると、もう片方にカチンと当て、自ら一口飲む。

「はい、飲んで」

「じゃあ。いただきます」

コップを手にし、ビールを飲む。緊張からきた喉の渇きを癒すためにも、二口。いや、三口。

「それで、今日はどんなお話？」

「特に話があるわけでは」

「なきゃわざわざ来ないでしょ」

「でも、昔近くに住んでたので」

「もう住んでないでしょ？」

「はい」

「今もこの辺りにはよく来るの？」

「いえ」

「ほら、わざわざ来てるじゃない」

「そうですけど」

「何らかのお金を請求しようとか、そういうことではないのね？」

「ないですないです」と左手を横に振る。

「まあ、今さら請求されても払わないけど。そんな義務はないし」

船木雅代さんに何らかのお金を請求する。できる。そう考えてみたことはなかった。母は、あったのだろうか。

ビールをもう一口飲んで、船木雅代さんは言う。

「井川幹太くんか。今いくつ？」

「二十七です」

「そうか。十年前に高校生だったんだもんね」

少し間ができたので、僕もビールを飲む。

「怒った？」

「はい？」

「当時」

「いえ、そんなには」

「何でよ」と船木雅代さんが笑う。

驚き、あきれはしたが、そんなには怒らなかった。今も怒ってはいない。責めるためにでなく、ただ話を聞くために、僕はここへ来たのだ。

「結果として、父は最期まで僕の父でしたし」

「お母さんと別れなかったからってこと？」

「まあ、そうですね。離婚してたら名字も変わってたでしょうし。そうはならなくてよかったです」

「何なの？　お母さんの旧姓」

「桑垣です」

「クワガキ幹太か。確かに、井川幹太のほうがいいかもね。わたしが言うことでもないけど」

またビールを飲む。

まだ空いてはいないコップに、船木雅代さんがビールを注ぐ。

どうも、と軽く頭を下げる。この人が自分の義理の母親になる可能性もあったのだな、とふと思う。

「太二さん、あれからすぐに亡くなったのよね？」

「二月ですね」

「今ごろ？」

「はい」

「タバコ、そんなに吸わなかったのにね」

「家ではほとんど吸わなかったです」

「ここでもほとんど吸わなかったわよ。太二さんがああなって、わたしもやめた。母親も同じだったの。肺がん。タバコをよく吸ってた。一日二箱以上は吸ったわね。だからしかたない面もあるの。母親がそんなだったから、わたしも吸うようになったし」

船木雅代さんがビールを飲む。コップの中身はさほど減らない。

「それでお金を借りたのよ、太二さんに。母親ががんになっちゃったから。母親に貯えはなかったし、わたしもこの店で手一杯でお金なんてなかった。だから困ってたの。普通はね、お客さんにお金を借りたりしないのよ。頼んだところで貸してもくれないし。太二さんは自分から言ってくれた。ってことはつまり、わたしが母親のがんの話をしたってことだけど。あのお金がなかったら、ほんとにあぶなかった。

このお店は手放して、でも働き口はなくて、わたしは野垂れ死に、なんてことにな
ってたかも」
野垂れ死に、という言葉を久しぶりに聞いた。女性の口から聞かされるその言葉
には、妙な切迫感がある。
「太二さんはね、本当の意味で優しい人だったわよ。わたしなんかと関係を持った
のはほめられたことじゃないけど、とにかく他人のために動ける人だった。そこは
誇っていいと思うわよ。と、そんなことをわたしに言われても、誇れないか」
「いえ、そんなことは」
ない、とは言いきれない。それは息子の僕が誇るべきことなのか。ただ。亡くな
ったあとも父に感謝している人がいる。それは、誇っていいことかもしれない。
「太二さんとお母さん」と言ってから、船木雅代さんは言い直す。「お父さんとお
母さん、うまくいってたでしょ？　わたしとのことがわかるまでは」
「いってました」
「お父さんは人ともめるタイプじゃないものね」
「そう思います」
「わたしとお父さんが別れてからはどう？」
「亡くなる前ってことですか？」

「ええ」

「そんなにうまくいってなかったわけではないような気もします」

返事はあやふやなものになる。実感として、そうなのだ。仲睦まじかったとは言えない。が、仲が悪いこともなかった。

「がんだとわかったときにね、お父さん、そう長くないこともわかってたの。お医者さんに言われたからじゃなくて、自分で感じてたのね」

「それは、言ってました」

「あなたにも？」

「というか、母にも」

「で、死ぬとわかったときにね、お父さんは奥さんを選んだの。わたしをではなく、あなたのお母さんを。自分で」

「そうなんですか？」

「そうなの。お父さんが自分で選んだ。うそじゃないわよ。その手の優しいうそを、わたしはつかない」

「でも母は、そんなふうには」

「言ってなかった？」

「はい」

「今わたしが言ったようには、お父さんも言わなかったんでしょうね」

ビールを飲む。二口、三口。ついつい飲んでしまう。

空いたコップに船木雅代さんがお代わりを注いでくれる。

それも一口飲む。

「お父さん、保険に入ってたでしょ？　生命保険。その死亡保険金の受取人はあなたのお母さん。それはそのままにするから、というようなことをお父さんはお母さんに言ったんだと思う。つまり、お金は遺すから葬儀の面倒だけは見てくれって。お母さんも、だからこらえたんでしょうね。あなたのことを思って。高校生なら大学の学費も必要だから。もちろん、わたしと一緒になってたとしても、お父さんはあなたの学費を出したでしょうけど」

考えればわかること、だったような気もする。とっくにわかっていたような気もする。

何をやるにもお金は必要だ。食パンを食べるにも、コーヒーを飲むにも。がんを治療するにも、唾石を取るにも。一人暮らしをしている今はなおのことそう感じる。なのに考えなかった。結局は僕のためなのだ。父が母のもとに戻ったのも、母がそれを受け入れたのも。

「お母さん、今はどうしてるの？」

「再婚してます」

「そう」

「結構早くにしました。父が亡くなってから二年で」

「へぇ」

僕はその再婚相手のこともざっと話した。

母とは中学の同級生であること。前の奥さんとは死別していること。工務店をやっていること。母もそこで手伝いをしていること。

「お母さん、がんばったのね」

「がんばった、んですかね」

「明らかにがんばってるじゃない。そこでもあなたのことを思って」

「思って、ますか？」

「思ってる。自分のためだけじゃそこまでがんばれない。女が四十を過ぎて再婚するのは楽じゃないのよ。離婚でも死別でもそれは同じ。再婚するチャンスなんて、そうそうあるもんじゃない」

「それは、そうかもしれないですけど」

「お父さんが亡くなってまだ二年でしょ？　気持ちの整理だって、簡単にはつかなかったはず。がんばらなきゃとても無理。もちろん、それは自分のためでもあったろうけど、幹太くんのためでもあったと思うわよ。息子の邪魔になりたくない、息子に迷惑をかけたくないっていう気持ちは、すごくよくわかる。子どもを産んでないわたしが言うことでもないけど」

ビールを飲む。一口飲み、二口飲む。三口飲み、さらに飲んで、飲み干す。注がれたばかりなのに。

「あの」と船木雅代さんに言う。「いくらですか？　ビール代」

「いいわよ。わたしが勝手に出したんだから。これでお金をとったら、ぼったくりの店になっちゃう」

「でも」

「お客さんとは思ってないから、いい。お客さんはお客さんだけど、店のお客さんではない。次は店のお客さんとして来なさいよ。そしたらお金をとってあげるから。どうする？　ビールもう一本、飲んでいく？」

「いえ」

「それもお金はとらないわよ」

「でもやめときます。聞きたい話は聞けたので」

「話、やっぱりあったんじゃない」と船木雅代さんが最後にもう一度笑う。

「すいませんでした。ごちそうさまでした」と言って、イスから立ち上がる。

頭を下げて店を出る。

ドアを静かに閉めながら思う。船木雅代さんは僕自身のことを何も訊いてこなかったな、と。

今は何をしているのかと訊かれたら、どう答えていただろう。

どうも何もない。コンビニでバイトしてます、と言うしかない。父の死亡保険金で大学には行きましたが二つの会社をやめて今はコンビニエンスストアでアルバイトをしています。そう言うしかない。

21

父太二はすでに亡くなっているので、訪ねられなかった。だから船木雅代さんを訪ねた。

となれば、次は母睦子だ。こちらは生きている。訪ねられる。

とはいえ、わざわざ訪ねるまでもなかった。呼ばれたのだ。母方の人たちに。草間家の人たちに。

草間守男さんの結婚式及び披露宴。当然、それがあることはわかっていた。

唾石の痛みでのたうちまわっているときに母から電話が来たあのあと、話はとんとん拍子に進んだらしい。

正月は草間家を訪ねなかったが、そこへの出席はさすがに断れないと僕自身思っていた。だからちょうどいい機会ではあった。

式と披露宴は、草間家がある川崎市川崎区のホテルで行われた。

式にも披露宴にも出た。苦ではないのだ。代理出席バイトで慣れているから。

その代理出席バイト、今はもうやってない。三月になって、登録を抹消した。土日に戸田さん絡みの用事が増えたからでもある。代理出席そのものがしんどいと感じるようになったからでもある。

披露宴で、母と僕は新郎親族席に座った。席も隣。イス同士が近いので、話もしやすかった。

僕はいつもの黒スーツ。母は和服姿。普段はそんなにしない化粧を、今日は厚めにしている。和服を着た母を見るのは久しぶり。母自身の再婚のとき以来だ。

母に注がせるのも何なので、自分でグラスに注ぎ、ビールを飲んだ。親族とはいえ、新郎の義弟。しかも、そう親しくもない義弟。居心地の悪さを紛らすためにも結構飲んでしまう。

それでも。自分自身でいればいい披露宴は楽だ。誰に何を訊かれても井川幹太として答えればいいし、新婦側の出席者に高校の同級生がいても、久しぶり、と普通に言えばいい。

会場後方の新郎親族席でビールを飲みながら、僕は前方の新郎新婦席にいる草間守男さんを見る。義兄、だ。

僕より三つ上の三十歳。守男という名前は、父和男さんが好きな昔の映画『蒲田行進曲』に出ていた俳優の風間杜夫《かざまもりお》からきているという。草間と風間で名字も似ているため、遊び心でモリオにした。そのままというのも何なので、漢字は守男に変えたそうだ。

互いに再婚ということで地味に料亭で行われた和男さんと母の結婚披露宴の新郎あいさつで、和男さんが言っていた。

息子を風間杜夫みたいなカッコいい俳優にするはずが、ちっぽけな工務店の三代目にしてしまいました。

出席者たちは皆、笑った。守男さん自身も笑っていた。

今日の午前中、式が始まる前に、控室で守男さんと話す機会があった。ほかの人たちが出ていってしまい、たまたま二人になったのだ。

何か気まずいな、と思いつつ、自分から言った。

「風間杜夫からきてるんですよね？　お名前」

「うん」守男さんは笑み混じりにこう続けた。「でもそれ、たぶん、うそ」

「え？」

「うそというか、あと付けの理由。自分と似た名前を押しつけたみたいになって、親父はちょっと後悔してんの。ほら、おれの歳で守男なんてあんまりいないから、その名前をおれが好きじゃないと思ってるんだよ。おれは全然いやじゃないんだけど」

「後悔してると、ご本人が言ったんですか？」

「いや、亡くなった母ちゃんに聞いた。今ふうの名前をつけてやればよかったって、母ちゃんには言ってたらしい。親父が考える今ふうなんてもっとヤバそうだから、守男にしといてもらってよかったよ。で、思うけど、幹太くんの幹太っていうのはいいね」

「そうですか？」

「すごくいいよ。昔っぽい感じもするけど、逆に今っぽい感じもする。名前の流行が、一周して戻ってきたんだろうな。幹太くんの親父さんは目利きだったってことだよ」

「それほどのことは。たまたまそうなっただけですよ」

と、そんなことを話したあとで。

守男さんはあらたまって言った。

「幹太くん、あのさ」

「はい」

「だいじょうぶだから」

「はい？」

「普通なら、親父のほうが先に逝っちゃうと思うんだよね。睦子さんとは同い歳だけど、やっぱり男のほうが寿命は短いだろうから」

「あぁ。はい」

「そうなっても、睦子さん、お義母さんの面倒は、おれがちゃんと見るから。そのぐらいの気持ちは、ちゃんとあるから」

「それは、どうも」

「幹太くんが親父をどう思ったかは知らないけど、おれは、親父が再婚相手として睦子さんを連れてきたとき、この人ならだいじょうぶだと思ったよ。前の母親にちょっと似てるとこもあったし。で、一緒に暮らしてみて、実際、だいじょうぶだった。これはうそじゃなく、ほんとに」

「ならよかったです。僕も安心してます。母はいい人のとこに行ってくれたなって」

「でも最初は思ったでしょ？　うわ、いかつい工務店の親父だなぁって」

「まあ、少し」

「これ、知ってた？　睦子さんが親父の初恋相手だったの」

「そうなんですか？」

「再婚の話をしたとき、親父がぽろっと言ってたよ。だからもしかすると、睦子さんのほうが先だったのかもしれない」

「というのは」

「親父が再婚相手としておれの母親に似た睦子さんを選んだんじゃなくて、最初の結婚相手として睦子さんに似たおれの母親を選んだんじゃないかってこと」

再婚相手が初恋の人。すごい。そして、誰かの初恋の人が自分の母親。それもまたすごい。

「とにかくさ、そういうことだから、幹太くんも安心してよ。で、たまにはおれの新居に遊びに来て。令香《れいか》も待ってるから」

「はい。ありがとうございます」

守男さん。カッコいい。まさに守る男だ。

『蒲田行進曲』。杜夫と守男。初恋。令香さん。

そういうことを、僕はもっと知るべきなのかもしれない。義理の姉となる新婦の矢部《やべ》令香さんについて今僕が知っているのは、歳は二十八で草間工務店の事務員をしている、ということぐらいなのだ。

「ちょっと、幹太。あんまり飲みすぎないようにしなさいよ」と隣の母に言われる。

「披露宴の席で新郎の親族が酔いつぶれるとか、そういうのダメだからね」

そういうのダメ、という言い方がおかしくて笑う。確かに酔ってるな、と思う。

和男さんはよそのテーブルで主賓と話しているため、不在。

言う。

「ねぇ」

「ん？」

「お父さんのこと、覚えてる？」

勢いで言ってしまったため、言葉を用意しておらず、そんな訊き方になった。

「忘れるわけないじゃない」

ちょっと意表を突かれた。忘れるわけないのか。でもそれがいい意味かはわからない。忘れたいのに忘れられない、という意味かもしれない。

「何なのよ、急に」

「これまで訊いたことなかったから」

「今ここで訊くこと？」

「でもないけど。ほかのとこであらためてっていうのも変だし」

母のグラスにビールを注ぐ。

中身は半分以上残っているが、母も拒まない。

「今でも思いだしたりする？　お父さんのこと」

「思いだすっていうのとは、ちょっとちがうわね。忘れてないんだから、頭の隅にいる感じよ。隅の隅のほうね」

「隅の隅か」

「今、真ん中にいたら、おかしいでしょ」

母はそこでようやくビールを飲む。

それとなく辺りを見まわしてから、言う。

「幹太は知らないだろうけど。お母さん、最期はお父さんと仲よかったのよ。保険金をもらえるからではなく、お父さんがもう亡くなるからでもなく」

「そんな感じはしたよ」

「した？」

「した」

やはりそうだった。最期まで、というか最期には、父と母の関係は良好だったのだ。

「それは、お父さんを許したってこと？」

「そうじゃない。許しはしない。きちんと謝ったお父さんを人としては認めたってこと。結婚してよかったとも思ってるわよ。幹太ができたから」

そんなことを僕本人に言うとは。母も少し酔っているのかもしれない。

もう話は終わったようなもの。でも僕はさらに言う。

「お父さん、何で市役所に勤めたのかな」

答を期待したわけではない。話を続けるためにそう言った。が、答はすぐに来た。

「好きだからよ」

「え?」

「人の役に立ちたかったから。役に立つのが好きだから。自分でそう言ってた。幹太は聞いたことない?」

「ないよ」

「言わないか、そんなこと。お母さんも、初めて聞いたときはうそだと思ったもの。てっきりカッコをつけてるんだと思った」

「カッコ、つかないでしょ。そんなこと言ったらむしろカッコ悪いよ」

「でもね、ほんとにそうみたいよ。人の役に立つ仕事とは何だろうと考えて、そこに行き着いたの。地域の人たちの役に立つのが一番だろうって。ただ、こうも言ってたかな。結局、人の役に立たない仕事なんてないんだけどって」

「ないかな。あるような気もするけど」

「お金目当てでその仕事をやるんだとしても、何らかの形で誰かの役には立ってるはずよね。パン屋さんがパンを売らなかったら誰かが困るだろうし、保険屋さんが保険を売らなかったら誰かが困るだろうし。あやしげな水とか壺とかを売る人がそれを売らなかったら、その効き目を信じてる誰かは、やっぱり困るだろうし」

「それは無理があるでしょ」

「例えばの話よ。別に大げさなことじゃないの。お父さんもそうだったと思う。たぶん、ざっくり考えただけ」

「ざっくり」

「でもそれでいいんでしょ。人一人にできることは限られてるから。仕事をするうえで大事なのは、大きなものを見すぎないこと。って、これはお父さんじゃなく、和男さんの言葉ね」

「和男さんの」

「いきなり地球を救えって言われても、無理でしょ？　何をすればいいかわからない。だから自分にできることをするしかない。ウチの工務店で言えば、水が無駄にならないようなしっかりした工事をするとか、そういうこと。まあ、こじつけのような気もするけど、まったくの的外れでもない。いい加減な業者ばかりだったら、環境に影響は出るからね」

「うん」と素直にうなずく。うなずける。

「お父さんも、市役所のなかではいろいろな部署に行かされて大変だったみたいだけどね。窓口では散々怒鳴られたりもして。税金でメシ食ってるくせに、みたいなことを公務員に言う人はどこにでもいるから」

公務員に限らない。コンビニの店員相手にも、似たようなことを言う人はいる。お客が物を買うからお前らがメシを食える、という理屈だ。

「そういえば、ケガしたことがあったよね。窓口で人に殴られて」

「あったわね」

「でも警察に被害届は出さなかった」

「お父さんが突っぱねてね」

「突っぱねたの？」

「そう。上司の人は、職員全員のためだからってことで出そうとしたんだけど、お父さんが、出しませんて」

「何で？」

「お父さんを殴ったその人は、お酒の問題を抱えてたらしいのね。その日はたまたま飲んでたっていうだけじゃなく。で、やっと治療を受けはじめたとこだったの。

あとで謝りに来たご家族からそのことを聞いて、お父さんは、そんな事情ならって」

「そうだったんだ」

「それが正しい判断だったのかは、わからないけどね。上司の判断のほうが正しいような気もするし」

たぶん、上司のほうが正しいのだろう。ほかの職員たちもそう感じただろう。殴られた父自身がそれでいいならいい、というものでもない。

何にしても、驚いた。

僕は根本から勘ちがいをしていた。父は、好きなことをしていた。好きで市役所勤めをしていた。だからこそ僕に、幹太は幹太自身が好きなことをやればいいと言ったのだ。

「あんた、さっきから何してんの？」と母に言われる。

「え？」

「あごを触ってるそれ」

「あぁ」

唾液腺マッサージだ。最近、無意識にやっていることがある。ものを考えるときなどに。

「前からそんな癖、あった？」

「ないよ。これは、えーと、マッサージ。こうすると、凝りがほぐれて気持ちいいんだよ」

「凝らないでしょうよ、そんなとこ」

「いや、微妙に凝るんだよ」

唾石のことは、ここでも言わずにおく。無駄に心配させることもない。七子さんや店長は心配しなかったが、母ならするかもしれない。身内の病には敏感なはずなので。

マッサージをやめて、ビールを飲む。

気をそらすために話をかえる。思いついたのがこれだ。

「幹太って名前、お父さんがつけたんだよね？」

「そう」

「何か意味はあるの？」

「幹が太い木に育ちますようにって」

「え、そうなの？」

「そうよ。知らなかった？」

「知らなかったよ」

「小さいころに話したと思うけど」

「聞いたかなぁ」

「何度もは言わなかったかもね。そういうのに囚われるのもよくないって、お父さんが言ってたような気もする」

幹が太い木に育つように。喫茶『羽鳥』の菊子さんが予想したとおりだ。

そして現状、僕の幹は細い。極細。

「就職の話、考えた？」とそこで母が言う。

「まあ」少し間を置いて僕は言う。「やめておくよ。いやだとかそういうことではなくて、役に立てないだろうから。技術が何もないし」

でも話そのものはありがたい。よりどころにはさせてもらう。

前方のテーブル席から和男さんが戻ってくる。いかついが優しい、工務店の二代目だ。

「幹太くん。お母さんと三人で、新婦側のテーブル席にあいさつに行ってもらっていいかな」

「はい」と言って、立ち上がる。「ビール、注ぎますよね？　二本、持っていきますよ」

「うん。そうして」

和男さんと母と僕。三人であいさつまわりに出る。

各テーブルで、和男さんと母に続いて僕は言う。

永井寛哉です、でも、武田朋樹です、でもなく。

草間幹太です、でもなく。

「井川幹太です」

22

二階の騒音問題があっけなく解決した。戸田さんが退居することになったのだ。

理由は異動。大阪本社への転勤。どちらかといえば栄転、らしい。東京から本社に呼ばれたよ。おれもなかなかやるな。けど、大阪かぁ。とは戸田さんの弁。

三月半ばの日曜日。そのお昼。外にイグニスが駐まる音が聞こえ、バタン、バタン、とドアが閉まる音が続いた。そして風斗くんのこれ。

「カンちゃ〜ん」

出てみると、三人がいた。風斗くんと朱奈ちゃんと戸田さんだ。それぞれ大きめの白いレジ袋を手にしていた。

戸田さんが言った。

「よかった。いた。カンちゃん、昼まだだよね?」

「はい」

「じゃ、食お」

「え?」

「ピザとるつもりでいたんだけどさ、もう昼に近い時間になってたから、頼んでも時間かかるだろうと思って。惣菜とかおにぎりとか、いろいろ買ってきた。つーか、買いすぎた。だからカンちゃんも食って。今日はママもすぐに来るから」

というこどで、お邪魔した。

実際、藍奈さんもワゴンRですぐに来た。日曜だが、珍しく仕事は休みだったらしい。前夜がわりと遅かったので、朱奈ちゃんと風斗くんを戸田さんに預けたのだ。

食べものは確かにたくさんあった。鶏の唐揚げ、野菜コロッケ、ジャンボ焼売、シーザーサラダ。そして鮭のおにぎり、ツナマヨのおにぎり、小ぶりなピザ、オムライス、天津飯。

「こんだけ買ってもピザ二枚とるより安いよ」と戸田さん。「量もずっと多いし」

「もっと野菜を買ってきなよ」と藍奈さん。「五人でこれじゃ足りないでしょ」

「そう思って野菜コロッケにしたんだよ。風斗はコーンコロッケがいいって言ったけど、そこはおれが、いや、野菜でいく、と」

「コロッケにしちゃったら変わんないって」

「けど、野菜じゃん」

「名前だけ。粒々がちょっと入ってるだけ」

オムライスと天津飯には僕も笑った。オムライスは子ども用、天津飯は大人用、ということらしい。それぞれ少しずつ皿に取って食べるのだ。だからこの部屋には大きめの取り皿が何枚もある。自炊はしないのに、取り皿だけがやたらとある。

こんなことなら僕も代理出席のバイトをもっとやって引出物のお皿をゲットしておくのだった。

と思っていたら、その話が出たのだ。その、大阪本社に転勤になった、という話が。

「えっ？」とさすがに驚いた。「ほんとですか？」

「ほんと。異動は四月一日だけど、引っ越しとかあるから早めに言われたのよ。内示みたいな形で。前日に言われても困るじゃん」

要するに、福岡に行く高村くんみたいなものだ。

「受けるとか受けないとか言える話ではないんですよね？」

「ないね。そこは哀しき会社員。受けるしかない。打診じゃなく通告だから。いや、命令か。お前は大阪へ行け、行ってしまえ、という」

「行くんですよね？　実際」

「行くよ。行かないならやめるしかないじゃん」

流れで当たり前のように訊いてしまう。

「藍奈さんもですよね？」

間ができる。あせる。奥さんも行くのが当たり前、ではない。世の中には単身赴任というものもあるのだ。しかも戸田さんは現時点ですでに近距離単身赴任中。

「来る」と戸田さんが藍奈さんに言う。「よね？」

その言葉を聞いてさらにあせる。まだその話はしていなかったらしい。結論は出していなかったらしい。

でもそこでの間は短い。

「そりゃ行くわよ」と藍奈さんはあっさり言う。「何、来てほしくないわけ？」

「まさか」

「わたしたち、結婚してんの。だから行く。わたしね、結婚するときに決めたんだよ。離れて暮らしたりはしないって」

「今、離れてるけど」

「こんなのは離れたうちに入らない。でね、朱奈を産んだときも決めたの。この子をひとり親にはしないって。そんなら楽に浮気できるとか自分にいいように考えちゃうからパパには言わなかったけど。実際、言われなくてもしたし」

「ごめん」と戸田さんが素直に謝る。

「パパ浮気はダメ！」と朱奈ちゃん。

「ダメ！」と風斗くん。

「どうせだから、カンちゃんも言って」と藍奈さん。

「えーと、ダメ！」と僕。

「ねぇ、わかってる？」と藍奈さんが少し真剣な顔になって言う。「朱奈と風斗の父親はパパだからね。何があってもそうなんだからね。二人もパパのことが好きなんだからね」

「うん」と戸田さんはやはり素直に言う。「朱奈、ほんとにパパのこと好き？」

「好き」

「風斗は？」

「好き」

カンちゃんは？　とは訊かれない。

「パパも二人のこと好き。だからさ、一緒に大阪に行くよ」

「オオサカってどこ？」と風斗くんが尋ね、

「えーと、西」と戸田さんが答える。

「新幹線で行くんだよ」と朱奈ちゃん。

「すげえ！　新幹線！」

「初めて乗れるね、風斗くん」と僕。

「じゃあさ、ママ」と戸田さんが言う。「おれとカンちゃんはビール飲んでいい？

祝杯を挙げっから」

「祝杯って、何の？」

「栄転の」

「どうぞ。好きにしなさいよ。いつも許可なんかとらないじゃない。何で今日はと
んのよ」

「いや、一応。実はずっと我慢してたんだ。こんな話をする前に飲んじゃうのもよ
くないから」

「カンちゃんにも我慢させる必要はないじゃない。というかさ、こんな話をする場
に、何、カンちゃんを呼んでんのよ」

「いや、二人だとちょっと」

「ちょっと何？」

「大阪に行かないとか言われたらショックデカいなと」

「それはカンちゃんがいたって同じでしょ。何、頼ってんのよ」そして藍奈さんは

僕に言う。「ごめんね、カンちゃん。また夫婦のことに巻きこんじゃって」

「いえ」

言いながら、思う。戸田さん、だから多めに食べものを買ってきたのか。ジャンボ焼売は、たぶん、僕用。前に餃子より焼売のほうが好きだと言ったのを覚えていたのだろう。

戸田さんが冷蔵庫から出してきたビールで乾杯する。

「栄転、おめでとうございます」と僕が言い、

「ありがとうございます」と戸田さんが言って、
ノン、と缶を当てる。

飲む。日曜昼のビール。といっても第三のビールだが、うまい。ついでにジャンボ焼売もうまい。ジャンボ感がうれしい。

何であれ、よかった。

これからも藍奈さんは大変だろう。今回は乗り越えられた。でも次がないとは言えない。戸田愛斗に、井川太二にとっての船木雅代のような人が現れないとは言えない。

浮気に限らなくてもいい。別の問題が起こるかもしれない。いつか完全に心が離れる日だって、来てしまうかもしれない。

来てほしくないな、と思う。誰がって、僕が。二人とはほぼ無関係なはずの僕が。

飲み食いしながら戸田さんと、そして藍奈さんや朱奈ちゃんや風斗くんとも話をする。自分がこの場にいることを、もはやそう不思議とも感じない。というそのこと自体を不思議だと感じる。

戸田さんが言う。

「カンちゃんさ、前に風岡立真のこと話したじゃん」

「えーと、空手の」

「そう。金メダルの。こないだ、あのころの友だちと会ったのよ。同じ道場にいた友だち。そしたら風岡立真の話が出てさ」

「今も金メダリストなんですか？」

「逆。借金したり離婚したりで、わけわかんないことになってるらしい。ＩＴ関係の何かで起業して、大失敗したんだと」

「まあ、失敗した人は成功した人の何倍もいるでしょうからね。耳に届くのは成功した人の話だけだから、みんな成功してるみたいに感じちゃいますけど」

「だよなぁ。負けるやつがいるから勝つやつがいるんであって、突き詰めていけば、ほんとの金メダリストは一人だもんな。あとは全員どこかで負けてるわけだし」

「その金メダリストだって、ほかの大会では負けてますよ」

「そうかも。けど、風岡立真に負けるイメージはなかったんだよなぁ。頭もよかったはずだし」

「持ち直すんじゃないですかね、そんな人は」

「そうなってほしいよ、万年銀メダリストとしては」

「万年て。まだ続いてるんですか？　銀メダリスト時代は」

「いや。今はもう銅メダルもとれないよ。つーか、メダルになんて、とてもじゃないけど手が届かない。その話を聞いてさ、車、次からは金じゃなくていいかなと思ったよ」

「じゃあ、何色に？」

「銀」

「そこいくんですか？」

「言ったじゃん。色自体は好きなんだよ」

よくわからない。わからないが。こういうとこだ、戸田さんがいいのは。

「パパ、家はどうすんの？」と藍奈さんが言い、

「会社の近くの賃貸、でいい？」と戸田さんが言う。

「いいけど。なるべく安いとこね。２ＬＤＫかな」

「ママも働くよね？」

「うん。家から近い店を探すよ。どこかしら募集はしてるだろうから」

　戸田さんがビールをグビッと飲んで言う。

「それにしても、大阪かぁ。本場のたこ焼きが食えるなぁ。町全体でタコパをやってるようなもんだからな」

「わたしたちも関西弁になっちゃうね。せやねん、とか、そらアカンわ、とか言っちゃうよ」

「おれ、こう見えて結構繊細だから、大阪でやっていけっかなぁ」

「百パーやっていけると思いますよ」と言うのは僕。「戸田さんがやっていけなかったら、誰もやっていけないですよ」

「お、すげえ。ほめられた」

「ほめられてねえし」と藍奈さんがあきれたように言う。「でも確かにやっていけそうだわ。つぶれたりはしなそうだわ」

　やっていける。つぶれたりはしない。つぶれないでほしい。戸田さんも、藍奈さんも。朱奈ちゃんも、風斗くんも。

「ねぇ、戸田さん」と僕は言う。

「ん？」

「一つだけ、アドバイスをさせてもらっていいですか？」

「うん。何？」

「もしまた上の階に住むなら、足音、気をつけたほうがいいですよ」

「足音？」

「はい。戸田さん、正直、ちょっとうるさいですから」

「は？　何それ」

「控えめに言いました。ちょっとじゃないです。はっきりと、うるさいです」

「そんなはずないよ」

「いや。ムチャクチャうるさいです。怒鳴りこまれてもおかしくないレベルですよ」

「いやいや。カンちゃん、大げさ」

「いやいや。大マジです。戸田さんの足音は、ほんと、すごいです。今までの僕の発言のなかでこれが一番の真実だと思ってくれていいです」

「パパ、確かにうるさいよ」とそこで藍奈さんが言う。「わたしも聞いた」

「聞いたって、いつよ」

「カンちゃんの部屋に行ったとき」

「部屋に行った？　って、まさかカンちゃんと」

「そんなわけないでしょ。ほら、前に流しそうめん器をもらいに行ったとき。下で足音を聞いたのよ。かなりうるさかった。ズルいけど、そのときはカンちゃんに言わなかったの。ヤブヘビかと思って」

「これは冗談じゃなく」あらためて僕は言う。「戸田さん、本当に気をつけたほうがいいですよ。僕は戸田さんとこんなふうになれたから気にしなくなりましたけど。そうじゃなかったらヤバかったです」

「ヤバかった、の？」

「はい。騒音問題がこじれる仕組みがわかりました。たいていの人は、うるさくても我慢するんですよ。知らない人ともめたくないから。それで我慢して、うっぷんをためにためて、何かのきっかけで一気に爆発しちゃうんだと思います。だからいきなり怒鳴りこんだりして、派手にぶつかっちゃうんですよ。朱奈ちゃんと風斗くんがいるときにそんなやつが来たら、こわいですよね」

「こわい」と藍奈さん。「もしも包丁とか持ってこられたら、ほんと、こわい。パパ、気をつけたほうがいいよ」

「何だ」と戸田さん。「カンちゃん、ずっとうるさいと思ってたのか。言ってくれりゃよかったのに」

「戸田さんが言ってだいじょうぶな人なのか、初めはわかりませんでしたから。車、金色だし」

「こうやって話すようになってからなら言えたじゃん」

「こうなったらなったで、何か言いづらくなっちゃって」

「ちっとも気づかなかったよ。悪かった。ごめん」

「いや、いいです。最後に僕自身のうっぷんを晴らすとか、そんなつもりじゃないんですよ。戸田さんはじき出ていくわけだから、言うか言わないか迷いました。でもよそに行くからこそ言ったほうがいいと思って。そっちでおかしなことにならないように」

押しつけがましいが、本当にそう思った。戸田さん自身はともかく、朱奈ちゃんや風斗くんにこわい思いをしてほしくないなと。河川敷で犬に脅かされたあのときのような目に遭ってほしくないなと。

ビールをゴクリと飲んで、戸田さんが言う。

「カンちゃん、やっぱいいやつだな」

ビールをチビリと飲んで、僕も言う。

「いいやつではないですよ。戸田さんを知らないころは、一階の住人としてかなり黒いことも考えました」

「黒いことって？」

「棒で下から天井をつついてやろうか、とか」

「その程度かよ」と戸田さんが笑う。

「でもちょうどいい長さの棒がないんですよ。ジャンプして自分の拳で叩くんじゃ痛いし。棒にしても拳にしても、強くやり過ぎて天井に穴を開けたらマズいし」

「ちっとも黒くないじゃん」と藍奈さんも笑う。「むしろ白いよ」

「カンちゃん、何が白いの？」と風斗くんが尋ねる。

答えるのは戸田さんだ。表情をつくり、二枚目役者ふうに言う。

「心が」

大阪フルボッコ、という言葉が頭に浮かび、ちょっと笑う。

23

春は別れの季節。筧ハイツから出ていくのは戸田さんだけではなかった。

平日の午後七時すぎ。ウィンウォーン、とインタホンのチャイムが鳴った。まちがいなく勧誘だと思い、出なかった。が、二度めが鳴る代わりにノックが来た。コンコン。そして女声。

「井川くん。坪内ですけど」

急いで出た。

外には幾乃さんがいた。

「すいません。もしかしたら何かの勧誘かと思って」

「そう思われるだろうと思って、早めに声をかけた」

「よかったです、そうしてもらって」

「夜分にごめんなさい」

「いえ」

「わたし、出ていくから、ちゃんとあいさつをしておこうと。引っ越し自体は昼で、そのとき井川くんは部屋にいないかもしれないし」

「いつですか？」

「明日」

「じゃあ、いないです。引っ越されるんですか」

「そう。芝居、観に来てくれてありがとうね」

「いえ。あの、お芝居をやめるわけではないですよね？」

「うん。そういうことではない。もうちょっと稽古場に近いとこに移ろうかなって」

「そうですか」

「芝居はね、やめないわよ。今やめたら負け。母親に勝てない」

「お母さんに」

「母親も役者だったの。売れなかったけど、いいところまではいった。テレビドラマで犯人の役をやれるくらいまでは。今はもうやめてるけどね。お金持ちと結婚して、遊んで暮らしてる」

「あぁ」

「子どものころから、すごくきらいだった。おばあちゃんにまかせっきりで、わたしの面倒とか、ほとんど見なかったし。でも結局はわたしもその道に進んじゃった。勝ってやろうと思って。だから、まだやめない。やめられない」

いろいろあるのだな、と思う。観る側は知らないだけ。わかりやすいお芝居を、複雑な思いでやることもあるのだ。

「隣、まだ空いてるんだね」

隣。一〇三号室。

「空いてます。でも、四月までには誰か入るんじゃないですかね」

「井川くんは、しばらくここにいるんだ？」

「はい。更新は来年ですし」

「何年いるんだっけ」

「ここまでで九年です」

「長いね」

「ですね」

「わたしは、最長でも四年かな。二回めの更新をしたことは一度もない」

「普通はそうでしょうけどね。特にワンルームは」

触れないのも不自然かな、と思ったところで、幾乃さんが言う。

「死んじゃったね、中条さん」

「はい」

「聞いた？」

「一度、ご両親と話しました。ちょうど荷物の整理に来られてたので」

「そうなんだ。わたしも話したかったな」

ということは。話してはいないのだ。

「わたしは中条さんの知り合いから聞いた。中条さん、借金があったみたい。それが原因かはわからないって、その人は言ってたけど」

幾乃さんと会うのは、たぶん、これが最後。

なら聞いておきたい。

「あの」

「ん？」

「坪内さんは、中条さんのカノジョなんですか？」

「カノジョというとこまではいかなかった。好きは好きだったけどね。やりたいことをやってる者同士って、案外うまくいかないのよ。ぶつかりはしないんだけど、ひたすらすれちがっちゃうの。どっちも、変にお互いのことに干渉しないようにするから」

お互いに干渉しないことでうまくいくカップルは多い。むしろそうできるのが理想だろう。ここで問題になるのはその干渉の部分ではない。変に、という部分だ。

「でもさすがにね、このままここにいるのはツラくなっちゃって。ほんとは井川くんにもあいさつをしないで出ていくつもりだったの。ただ、それはなしだと思った」

「何で、なしなんですかね」

「そう言われてみると、何でだろう。やっぱり、中条さんの近くにいた人っていう感覚があるのかな」

「場所的に近いだけですけどね」

「その近さは大事でしょ」

「そうですね」とすんなり言える。戸田家の人たちと知り合った今なら。

「じゃあ、いきなりでごめんなさい。またどこかでね」

「はい」

またどこかで僕らが会うことはない。でも忘れることも、たぶん、ない。中条さんのことを思いだせば、幾乃さんのことも思いだす。

ドアを静かに閉め、カギをかける。

幾乃さんの一〇一号室をではなく、空きのままの一〇三号室を、ちょっと意識する。

中条さんはそこで亡くなったのではないだろう。もしそうなら、さすがに気づくはずだ。救急車が来たり警察が来たりして。話を訊かれたりもして。

中条さんの霊がいるんじゃないか。そんなことは思わない。こわさはまったく感じない。霊がいるならいてもいい。何故か。中条さんを知っているから。知らないなりに、知っているから。

バイト帰りに買ったスーパーの割引海苔弁当を電子レンジに入れたとき、スマホに電話がかかってきた。

〈荻森澄穂〉

出た。

「もしもし」

「もしもし、井川くん？　荻森です」

「どうも」

「今ちょっとだいじょうぶ？」

「だいじょうぶ。何？」

「わたしね、福岡に行くことになった」

「え？」

「高村くんと一緒に」

「あぁ。そうなんだ」

「いろいろ考えたの。今こうやっていろいろ考えたなんて簡単に言えちゃうのがもどかしいくらい、考えた。で、行くことに決めた」

「それは、えーと、結婚するっていうこと？」

「そう。結局、別れきれなかった。恥ずかしい話、高村くんが福岡に行っちゃうんだと思ったら、気持ちが少しずつ変わってきて」

「恥ずかしい話ではないでしょ」

「でも井川くんには別れたってはっきり言っちゃったから」

「気持ちは変わるよ」

「変わるんだなってわたしも思った。ほら、坪内さんのお芝居を観に行ったとき、井川くんが、会社はやめないほうがいいって言ってくれたでしょ？　あれも大きかった」

そう言われると心苦しい。あのときの僕は、適当なことを言った。単なる一般論を言った。

「ということは、会社はやめないってこと？」

「人事にね、相談したの。まずは結婚することを伝えて、福岡にもお店があるけどそこに行けないかって。すぐにでなくてもいいから検討してもらえないかって」

「そしたら？」

「話をきちんと聞いてくれて。調整もしてもらえて。行けることになった。それも、まさかの四月」

「よかったじゃない」

「もう少し遅かったら間に合わなかったって言われた。向こうでちょうど欠員が出るんだって」

「あるんだね、そういうこと」

「自分が思ってたよりずっと社員のことを考えてくれる会社なんだってわかった。それも収穫」

「そのこともよかったけど。結婚も、おめでとう」

「ありがとう。井川くんには報告したかったの。会社はやめないほうがいいって言ってくれた恩人だから」

「恩人ではないよ」

ない。まったくない。僕は親身に答えてすらいないのだ。見事な結果オーライ。

「わたし、考えて、笑っちゃったよ。自分の結婚披露宴に井川くんが代理出席してたらおもしろいなって」

「雇う必要がないでしょ。あるとしても、おれが行くことはないよ。もうやめたから」

「そうなの？」

「うん」

「ほんとは友人として呼びたいんだけど」

「おれが行くのは変でしょ。高二のときだけのクラスメイトで、しかも男って」

「変ではないよ」

「祝電を出すよ」

「それはうれしい。高村くんにも井川くんのことは話してるから」

「話してるの？」

「うん」

「何て？」

「代理出席の人って。おもしろそうだねって高村くんも言ってる」

「そうか。なら高村くんにもおめでとうを言っておいて。代理出席はできませんがって」

「わかった。言っとく」

「ほんと、おめでとう」

「ありがとう。式の日とか決まったら、また連絡する。じゃあね」

「じゃあ」

電話を切った。

ふうっと息を吐き、折りたたみ式テーブルにスマホを置く。

電子レンジから弁当を取りだし、あ、まだだった、とすぐに戻す。そしてボタンを押し、温めを開始する。

ヴ〜ン、と音が鳴る。安いレンジなので、結構うるさい。戸田さんのうるささを十とすれば、三ぐらい。

近々、澄穂にメッセージを出そうと思っていた。また飲みに行かない？　と誘ってみるつもりでいた。高村くんと別れた、そしてプロポーズも断った、という事実に心を動かされてはいたのだ。

そこへ今の電話。澄穂から誘ってもらえるのかと、一瞬、期待したのだが。

まあ、こんなものだ。

残念は残念。でもすっきりした。

澄穂がカレシと別れたから誘う。こちらにまったく気がないこともなさそうだから誘う。それでは大学のときと同じだ。例のカノジョと付き合ったあのときと何も変わらない。

ピーッとやはりそこそこうるさい音が鳴り、レンジが止まる。

割引海苔弁当、いただきます。

24

三月下旬。春一番はもうとっくに吹いたはず。

でもそこそこ強い風が吹いたせいで、玄関のドアを開けると、すぐ前に、どこからか飛ばされてきたらしい白いレジ袋があった。しかも自分が勤める店のそれ。大手のコンビニはここまで行き届いてしまうから困る。

それとなく蹴り散らそうとしたが、掃除をしてくれる大家さんの奥さんの姿が頭に浮かび、とどまった。レジ袋を拾い、部屋に戻る。そしてごみ袋にレジ袋を入れ、今度こそ出発。

といっても、何のことはない。例によって、散歩。でも今日は島の北側、平井駅の向こうまで足を延ばすつもりだ。

荒川の広い河川敷ではなく、旧中川のそう広くもない河川敷を歩く。荒川とちがい、こちらは水辺が近い。水のすぐそばを歩ける。荒川もいいが、たまにはこちらもいい。

川面から木の杭が等間隔に何本も出ている。すべてに鳥が留まっている。二十羽ぐらい。一本も空きがない。杭はその先にもあるのにそれ。すごいな、と思う。これが人間なら、見知らぬ者同士、あいだに杭を一本挟んだりするだろう。ベンチが三つあったら真ん中を空けて右と左に座ったりするように。

何故かいつもとちがうことをしたくなり、僕は水辺を離れて階段を上る。そして川に沿った道を歩く。車も通る道。舗装道だ。

左方に建物が現れ、すぐに川は見えなくなってしまうが、そのまま道を進む。

ここにもスーパーがあるんだな、と思う。こんなとこにパン屋らしきものがあるのか、とも思う。何かの会社らしき二階建ての一階。その隅に、唐突にあるのだ。

右にうそみたいな急カーブを描く旧中川沿いの道を歩き、荒川に出る。今度はいつものようにその広い河川敷を歩き、筧ハイツに戻った。

計一時間二十分。充実の散歩だ。

その後、部屋でインスタントコーヒーを入れ、一口飲んだときに、ふとパン屋らしきもののことを思いだした。

暇つぶしも兼ねて、スマホで検索してみる。

パン屋らしきものは確かにパン屋であることが判明した。何かの会社らしきあの建物は実はパン工場で、あの店はそこに併設されたパン屋だったのだ。

平井には小さな工場がちょこちょこある。でもまさかパン工場があるとは思わなかった。灯台下暗し。あの辺りには何度も行っているが、いつも川べりの道を歩いてしまうので、あの工場には気づけなかった。

何だろう。そそられた。

会社のホームページの採用情報の文字をクリックした。

パンの製造をしていただける従業員を募集します。未経験の方にも一から教えます。

パートとアルバイトだけでなく、これもあった。

社員、若干名。

正社員登用あり、とも記されていたので、社員といっても正社員ではないことがわかった。まずは契約社員なのだろう。

でも、惹かれた。若干名に入りたい、と思った。

あぁ、そういうことなのだ、と気づいた。

僕はかつて大手製パン会社にいた。そこで製造に関することもひととおり教わった。とはいえ、それはあくまでも営業社員としてのお勉強。パンそのものとは距離があった。袋に入ったそれを商品として扱うだけで、パンの近くにはいなかった。今、やっとわかった。いたいのだ。自分の手でパンに触れたいのだ。パンをつくりたいのだ。

パン屋さんがパンを売らなかったら誰かが困る。と、草間守男さんの結婚披露宴の席で母は僕に言った。僕がかつて製パン会社にいたから言ったわけではない。身近な例としてパンを持ち出しただけ。

そう。パンはそうなのだ。いつも身近なところにある。例えば今もこの部屋にある。明日の朝食用として、流しの棚で待機している。

就職の話、考えた？　と母が言ったとき、技術が何もないからやめておくと僕は返した。

それはパンに関しても同じだ。

でもこちらの技術は、身に付けたい。

となれば、もう迷わなかった。

僕はその日のうちに製パン会社の採用担当係に電話をかけ、応募したいのだと告げた。

それはありがとうございます。

製造の経験はないのですが。

結構です。

でもパンは好きなので。

何よりです。働きながら、学んでいただきます。

あちらの説明を聞き、こちらもいくつか質問した。

では履歴書をご用意いただき、一度ご来社ください。

よろしくお願いします。

通話を終えたときに初めて、自分が床に正座し、スマホの向こうの担当者さんに頭を下げていたことに気づいた。

受かりたい。

そう思った。

でも落ちてもだいじょうぶ。

そう思えた。

本書は二〇一九年五月にポプラ社より刊行されました。
物語に登場する人物・団体などはすべてフィクションです。

ライフ

小野寺史宜

2021年7月5日　第1刷発行
2021年7月27日　第2刷

発行者　千葉 均
発行所　株式会社ポプラ社
〒102-8519　東京都千代田区麹町4-2-6
ホームページ　www.poplar.co.jp
フォーマットデザイン　bookwall
校正　株式会社鷗来堂
印刷・製本　中央精版印刷株式会社

N.D.C.913/326p/15cm　ISBN978-4-591-17047-2

落丁・乱丁本はお取り替えいたします。電話(0120-666-553)または、ホームページ(www.poplar.co.jp)のお問い合わせ一覧よりご連絡ください。※電話の受付時間は、月~金曜日10時~17時です(祝日・休日は除く)。

P8101426